W0303090

Keine Reise zu weit

Eine ergreifende Lovestory

Roman

Philipp Sommer

ISBN: 9798396010499

„Es gibt nur eine Zeit, in der es wesentlich ist aufzuwachen. Diese Zeit ist jetzt.“

Buddha

Trigger-Hinweis:

In diesem Roman geht es unter anderem um die Themen Kindheitstrauma, Angst und Zwangsstörungen, und er enthält Szenen, die für manche Leserinnen und Leser womöglich verstörend wirken und Auslöser sein könnten für schwierige Gefühle, Erinnerungen oder Flashbacks. Falls das bei dir der Fall sein könnte, sei bitte wachsam.

1

Gut gelaunt öffnete Lina ihre Wohnungstür – und im nächsten Moment stieß sie beinahe mit einem Schrank zusammen, der durch das Treppenhaus schwebte. So zumindest kam es ihr in der ersten Schrecksekunde vor. Doch dann bemerkte sie die zwei jungen Typen, die das massive Möbelstück trugen, vermutlich Studenten.

„Sorry", sagte der Vordere. Keuchend trugen sie den Schrank weiter durchs Treppenhaus. Lina hatte zuvor Gitarre gespielt und daher keine Geräusche aus dem Hausflur gehört. Von einem Einzug hatte sie keine Ahnung gehabt. Hoffentlich waren die neuen Mieter einigermaßen nett, dachte sie. Was das wohl für Leute sein würden?

Sie verließ das Haus und stieg in ihren bordeauxroten Megane. Sie hatte den Wagen schon ein paar Monate, und trotzdem genoss sie nach wie vor das feierliche Gefühl einzusteigen, so als hätte sie ihn erst gestern vom Autohaus abgeholt. Sie liebte es, die Starttaste zu drücken und das sanfte Starten des Motors zu vernehmen. Noch immer hatte der Wagen diesen ganz speziellen Neuwagen-Duft. Kurz nachdem sie vor einem knappen halben Jahr ihren ersten Arbeitsvertrag als Jungarchitektin unterschrieben hatte, hatte sie ihn gekauft und dafür einen Teil ihrer Rücklagen eingesetzt. Es war der erste Neuwagen ihres Lebens. Das hatte sie sich als Belohnung verdient, fand sie.

Mit offenem Fenster glitt sie durch die frühlingshaft laue Abendluft und gelangte schließlich zu der Bar am Ku'damm, wo sie mit ihrer alten Freundin Jackie verabredet war. Sie parkte den Wagen und betrat die Bar.

Der Laden war aufgemacht wie eine Strandbar in der Karibik. Wohin man sah, standen Palmen in überdimensionalen Töpfen, der Boden war mit Sand bedeckt. Tresen und Möbel bestanden aus Bambus und irgendwelchen tropischen Hölzern.

Es war noch früh am Abend, und die Tische waren nur zu einem Drittel besetzt. Jackie saß am Tresen und hatte zwei Cocktails vor sich stehen, einer davon unberührt. Um diese Zeit war Happy Hour, und es gab zwei Drinks zum Preis von einem. Jackie war ganz in Schwarz gekleidet: schwarze Jeans, schwarze Bluse, schwarze Lederjacke, schwarze Stiefel, ein Look, der ihre fraulich-schlanke Figur gut zur Geltung brachte, dazu ihre braunen Augen, ein dezentes Makeup und die hochgesteckten ebenholzfarbenen Haare. Wie immer sah sie ziemlich heiß aus, ein bisschen elegant, ein bisschen verrucht, aber keineswegs billig.

Lina selbst neigte nicht dazu, sich großartig aufzubrezeln. Sie hatte immer einen schlichten, eher sportlichen Look, schminkte sich nur selten, und wenn, dann so, dass es niemandem auffiel. Sie war sich bewusst, dass sie keine Titelseitenschönheit war, aber sie fand sich selbst mit ihren blonden Haaren, den braunen Augen und ihrer eher durchschnittlichen Figur in Ordnung und vorzeigbar.

Lina und Jackie kannten sich bereits aus Schulzeiten. Zwar hätten sie vom Wesen her unterschiedlicher kaum sein können, trotzdem verband sie eine unverwüstliche Freundschaft. Jackie mochte auf den ersten Blick oberflächlich erscheinen, aber mit ihr hatte Lina schon eine Menge intensive persönliche Gespräch geführt, sie kannten sich gut und waren füreinander da, wenn es drauf ankam.

„Grüß Dich", sagte Jackie und umarmte ihre Freundin, „ich habe einfach mal einen Mojito für dich mitbestellt. Ich hoffe, das ist okay?"

„Klar", gab Lina zurück. „Mojito geht immer."

„Und? Wie läufts im neuen Job?"

„Gut, gut. Ich arbeite gerade an einem Einfamilienhaus für ein Ehepaar mit zwei Kindern, und das wird schon ziemlich geil. Mein erstes eigenes Projekt."

Sie erzählte von dem Entwurf, den die betuchte Familie aus dem Nobelbezirk Grunewald bei ihrem Arbeitgeber in Auftrag gegeben hatte, und fuhr fort:

„Schade, dass ich mir so etwas selbst nicht leisten kann."

„Das wird schon noch kommen. Du bist die talentierteste Architektin, die ich kenne."

„Und die Einzige", lachte Lina.

„Nein, nein, ein paar Architekten kenne ich schon."

Die zwei arbeiteten im weitesten Sinne in derselben Branche: Jackie war Immobilienmaklerin und machte obszön viel Geld damit.

Während Lina an ihrem Drink nippte, entstand eine kleine Gesprächspause, und Jackie schaute sich um. Offensichtlich hielt sie Ausschau nach heißen Typen. Lina grinste sie an:

„Du wieder!"

„Na und?", gab Jackie zurück. „Wie läufts denn bei *dir* so mit den Kerlen?"

„Ich habe im Moment echt andere Sorgen!"

Jackie verzog verständnislos das Gesicht und schaute dann zu zwei Typen, die gerade reinkamen und aufs andere Ende der Bar zuhielten. Vom Style her passten sie gut zu Jackie: Lederjacken, enge Jeans, Hipster-Vollbärte.

„Kiek ma eener an!", raunte Jackie. „Und jetzt schielt der eine zu dir rüber. Der steht auf dich, Lina!"

„Nicht mein Typ."

„Nicht dein Typ... der ist doch hot! Und hat nen Arsch wie ne Zwiebel."

„Wie ne Zwiebel?!"

„Bringt mich zum Weinen."

„Okay...", gab Lina mit einem leicht gequälten Lachen zurück. Sie nervte es ein bisschen, dass Jackie ständig versuchte, sie zu verkuppeln. Bei ihr drehte sich ständig alles um Männer.

„Das Gute ist ja", fuhr Lina fort, „dass die Geschmäcker verschieden sind. Und wir haben ja schon festgestellt, dass du einen ziemlich anderen Geschmack hast als ich."

„Genau deswegen bist du ja auch Dauersingle, meine Liebe", sagte Jackie. „Du bist ganz einfach zu picky."

„Ich springe eben nicht mit jedem direkt in die Kiste – wie andere Leute." Dabei sah sie ihrer Freundin herausfordernd in die Augen.

Jackie lachte:

„Was kann ich dafür, dass ich bei den Kerlen so gut ankomme?"

„Ja, du Ärmste!", gab Lina zurück.

„Ich verstehe gar nicht, wie du das so lange aushalten kannst ohne."

„Ich kann eben warten, bis ich den Richtigen finde. Den Mann meines Lebens."

„Den Mann meines Lebens", echote Jackie, „ich sag nur: Würg!"

Lina schüttelte grinsend den Kopf.

„Ich finde diese Idee einfach hoffnungslos altmodisch", sagte Jackie, „lebenslang mit ein und demselben zusammen zu sein. Und weißt du, was das Schlimmste ist?"

„Nein, was?"

„Pärchenabende! Das ist für mich der Gipfel der Spießigkeit! Bitte versprich mir, dass wir nie zusammen Pärchenabende machen werden!"

Lina musste lachen.

„Monogamie ist einfach mal so was von vorgestern!", schloss Jackie ihre Tirade.

„Finde ich nun mal nicht!", konterte Lina. „Ich glaube fest daran, dass ich irgendwann den Richtigen treffe und dass wir gemeinsam alt werden."

„Ach komm!", frotzele Jackie, „du machst immer einen auf hochanständig und wählerisch, aber ich sage dir was. Ich glaube, der Fall liegt in Wahrheit ganz anders. Ich glaube, dass du ganz einfach nur zu *schüchtern* bist, um mit Männern ins Gespräch zu kommen."

„Blödsinn!", konterte Lina. „Du weißt genau, das das Quatsch ist."

„Wenn du das sagst...", gab Jackie zurück und schlürfte an ihrem Mojito.

Immer wieder zog Jackie sie in dieser Art auf, und Lina musste sich eingestehen, dass sie tatsächlich im Grunde ziemlich unzufrieden war mit ihrer Single-Existenz. Es war jetzt zwei Jahre her, seit mit ihrem letzten Freund Schluss war. Sie hatte ihn noch in der Schulzeit kennengelernt, und sie waren sieben Jahre zusammen gewesen. Dann hatte er sie abserviert, und für sie war die Trennung ziemlich hart gewesen.

Inzwischen war sie längst darüber hinweg, aber sie musste zugeben, dass Jackie nicht ganz unrecht hatte: Tatsächlich hatte sie ihre Schwierigkeiten, mit Männern ins Gespräch zu kommen. Aber genauso zutreffend war es, dass sie sich nicht auf den Nächstbesten einlassen würde. Sie sehnte sich nach einer ernsthaften, tiefgehenden und langfristigen Beziehung, in der sich beide gegenseitig unterstützten, füreinander da waren und sich aufeinander verlassen konnten. Und so gesehen war sie tatsächlich ziemlich wählerisch.

„Kein Blödsinn!", gab Jackie zurück. „Sag mir doch mal bitte: Was unternimmst du, um Männer kennenzulernen?"

Lina überlegt einen Moment. Dann sagte sie:

„Ich sehe einfach keinen Grund, irgendetwas zu forcieren. Wenn ich den Richtigen treffen soll, dann wird es schon passieren."

„Was stimmt nicht mit dir? Du musst doch mal aktiv werden! Willst du warten, bis der so genannte Richtige aus heiterem Himmel angeschneit kommt? Glaubst du, der klingelt plötzlich an deiner Tür: *Hallo, hier bin ich*?!"

„Können wir jetzt mal das Thema wechseln?, fragte Lina.

Sie plauderten über dies und das, dann kam Jackie mit den Typen am Tresen ins Gespräch, und das nahm sich Lina schließlich zum Anlass, sich zu verabschieden und nach Hause zu fahren.

2

Als sie am folgenden Morgen am Frühstückstisch saß, klingelte es an der Tür. Sie stand auf, und als sie sie öffnete, fiel ihr fast die Kinnlade runter: Der Typ, der da vor ihr stand, sah derartig gut aus, dass es ihr heiß und kalt durch den ganzen Körper lief. Er war einen knappen Kopf größer als sie, trug verwaschene dunkelblaue Jeans und dazu ein weißes T-Shirt, das seinen trainierten Körper in einer Weise zur Geltung brachte, dass sie schlucken musste. Sein Gesicht war nicht unbedingt auffallend hübsch, aber seine hellblauen Augen leuchteten wie bei einem Husky, dazu hatte er dunkelbraune Wimpern, Haare und Augenbrauen, die ziemlich ausgeprägt waren.

„Hi, ich bin Robin. Ich bin der Neue. Gestern eingezogen."

Seine Stimme klang angenehm warm und sonor. Lina spürte, wie ihr Herz pochte und es ihr die Kehle zuschnürte.

„Äh... willkommen im Haus!", brachte sie verlegen hervor.

„Danke. Ich wollte fragen, ob du vielleicht einen Akkuschrauber für mich hättest. Meiner hat sich verabschiedet."

„Klar, kein Problem. Warte mal kurz."

Sie ging rüber zum Schrank im Wohnungsflur, öffnete ihn, kramte nervös in einer Kiste, holte ihren Akkuschrauber hervor und übergab ihn mit zittriger Hand.

„Hier, bitte!"

„Danke dir!", sagte der Typ und grinste. Offenbar hatte er gemerkt, wie nervös sie war.

„Kein Problem!", erwiderte sie. „Wenn ich dir sonst irgendwie helfen kann, dann komm einfach wieder."

„Das ist nett! Und wenn du mal ein bisschen Salz oder Milch oder sowas brauchst, kannst du natürlich auch zu mir kommen."

„Okay!"

„Na dann..."

Damit verabschiedete er sich und ging die Treppen rauf.

„Verdammt!", fluchte sie leise, nachdem sie die Tür geschlossen hatte. Warum hatte sie diese Gelegenheit nicht genutzt und war mit ihm richtig ins Gespräch gekommen? Eins musste sie Jackie lassen: Die hätte das besser hinbekommen. Frustriert setzte sich wieder an den Frühstückstisch.

Was ist los mit dir?, dachte sie. *Dieser Typ ist doch wohl kein Grund, so die Nerven zu verlieren!* Immerhin hatte sie ihn gerade mal eine Minute lang kennengelernt. Es war lächerlich, gleich so durchzudrehen! Sie versuchte, auf andere Gedanken zu kommen, aber das wollte ihr nicht gelingen. Ihr wurde bewusst, dass es ziemlich lange her war, seit das letzte Mal ein Mann so eine Wirkung auf sie gehabt hatte.

Für den Rest des Sonntags versuchte sie, sich mit Gitarrespielen und Lesen abzulenken – mit mäßigem Erfolg.

Am frühen Nachmittag rief Jackie an. Offensichtlich war es ihr ein Bedürfnis, ihr von ihrer Eroberung vom Vorabend zu erzählen, denn sie fing direkt davon an. Sie hatte den einen tatsächlich nach einer ganzen Reihe von Cocktails mit nach Hause genommen.

„Jackie, Jackie, Jackie!", schmunzelte Lina kopfschüttelnd.

„Und bei dir so? Was hast du getrieben heute?"

„Glaub es, oder glaub es nicht, aber deine Prophezeiung von gestern ist eingetreten."

„Hä?!", machte Jackie. „Wovon redest du?"

„Na, du hast mich doch gefragt, ob ich warten will, bis ein Typ vor meine Tür geschneit kommt."

„Ja und?"

„Genau das ist heute passiert."

„Bullshit!"

„Ich schwöre es dir! Heute früh hat es an meiner Tür geklingelt, und vor mir stand dieser umwerfende junge Mann."

„Du willst mich verscheißern."

„Mein neuer Nachbar! Ist gestern eingezogen und hat mich nach einem Akkuschrauber gefragt. Und der sieht so krass gut aus... er hat Augen wie ein Husky."

„Ich glaube es ja nicht!", lachte Jackie. „Und wie ist das Gespräch gelaufen?"

„Super!", log Lina. „Vielleicht etwas kurz."

„Kurz? Warum?!"

„Naja..."

„Du warst wieder zu schüchtern, stimmts"

„Leider ja."

„Hmm... und was hast du jetzt vor?"

„Keine Ahnung... warten, bis er den Akkuschrauber zurückbringt."

Jackie überlegte und sagte:

„Warum gehst du nicht rauf und bringst ihm ein kleines Geschenk zum Einzug?"

„Ein Geschenk? Ich weiß nicht... das kommt mir irgendwie aufdringlich vor. So als würde ich mich ranschmeißen."

„Wenn du es nicht tust, dann schmeißt sich eine andere ran. Warte lieber nicht zu lange."

„Tja, vielleicht ist die Idee gar nicht so schlecht..."

„Hey, ich komme immer noch nicht drüber weg, dass der einfach so in dein Leben geschneit kommt. Klingt wie eine Ironie des Schicksals."

„An Schicksal glaube ich nicht."

„Ich auch nicht. Aber trotzdem... Ich würde es einfach mal als ein Zeichen nehmen und als Anlass, endlich aktiv zu werden. Das ist eine Chance für dich! Vermassel sie nicht!"

„Ich werd mir Mühe geben..."

3

Nachdem sie aufgelegt hatte, überlegte sie, was ein passendes Geschenk für Robin sein könnte. Eine Weile lang dachte sie nach, dann fiel ihr ein, dass es um die Ecke einen Blumenladen gab, der auch sonntags auf hatte. Dort würde sie sicherlich eine nette Topfpflanze oder so etwas finden.

Sie zog ihre Jacke an, verließ die Wohnung und hielt auf den Blumenladen zu. Doch noch bevor sie ihn erreicht hatte, verlangsamte sie ihre Schritte, weil ihr Zweifel kamen. Es würde wohl doch ziemlich aufdringlich rüberkommen, wenn sie mit einem so eindeutigen Zeichen bei ihm aufkreuzen würde. Mochte schon sein, dass Jackie das für völlig normal hielt, aber sie selbst fand es ziemlich schräg, und wahrscheinlich war Robin der Typ, der das ebenso schräg finden würde.

Während sie lief, dachte sie, dass dieser Typ ohnehin nicht wirklich was für sie war. Zu attraktiv, zu sehr einer von denen, die tausend Frauen haben konnten und auf deren Treue man besser nicht wetten sollte. Vermutlich war es ohnehin am besten, einen Bogen um ihn zu machen.

Aber dann wieder dachte sie an seine Augen, und sie musste sich eingestehen, dass sie längst am Haken zappelte. Ziemlich durcheinander kehrte sie um und überlegte, was sie nun anstellen sollte. Während sie lief und grübelte, kam ihr eine Eingebung. Sie beschleunigte ihre Schritte, und kaum hatte sie ihre Wohnung betreten, ging sie zum Schrank und holte es raus: das Ladegerät für den Akkuschrauber! Wie blöd von ihr, dass sie gestern nicht daran gedacht hatte, es ihm mitzugeben. Aber jetzt erwies sich das als ein wahrer Segen, denn es war der perfekte Vorwand, bei ihm zu klingeln.

Zu blöd nur, dass der bloße Gedanke daran sie wieder reichlich nervös machte. Sie begann, sich lauter peinliche Szenarien auszumalen, in denen sie sich komplett lächerlich machte. Was, wenn sie –

Gerade in diesem Moment klingelte es an der Tür. Sie öffnete – und vor ihr stand Robin.

„Hi", sagte er, und als sein Blick auf das Ladekabel in ihrer Hand fiel, musste er lachen. „Genau deswegen bin ich hier! Dein Akkuschrauber hat nämlich eben schlapp gemacht. Kann ich es haben?"

„Ja klar!", erwiderte sie, verlegen lachend. „Ich wollte es dir gerade bringen. Sorry, dass ich nicht schon gestern dran gedacht habe."

„Lustig, das war wohl Telepathie! Und könntest du kurz mit raufkommen? Ich könnte gerade eine helfende Hand gebrauchen."

„Klar, mache ich gerne!"

Ihr Herz pochte heftig. Sie gingen zusammen die Treppe hoch, dann führte er sie in seine Wohnung.

Sie war genauso geschnitten wie ihre: 70 Quadratmeter, zweieinhalb Zimmer, geräumige Küche, modern ausgestattet. Allerdings herrschte hier heilloses Chaos. Überall stapelten sich Umzugskisten, der Boden war bedeckt mit Tüten, Taschen, Lampen und Kleinkram aller Art.

„Ich würde dich am liebsten gar nicht damit nerven", sagte Robin, „aber ich war gerade dabei, das Bett zusammenzubauen, und alleine kriege ich das nicht hin, wegen der großen Teile. Jemand muss mit anfassen."

„Kein Problem, erwiderte sie.

„Meinst du denn", fragte er dann, „wir können am Sonntag überhaupt so einen Krach machen?"

„Das ist gar kein Problem. Unsere Nachbarn hören gerne mal um 23 Uhr noch alte Metallica-Songs. Und Frau Schmidt oben steht auf Opernarien und ist schwerhörig. Ich bin mir noch nicht ganz sicher, was ich schlimmer finde: Metallica oder Pavarotti."

Die beiden lachten. Lina war überrascht von sich selbst, dass sie inzwischen halbwegs locker war. Etwas ging von Robin aus, dass sie sich entspannte und wohlfühlte in seiner Gegenwart. Sie hockten sich zwischen die Bauteile auf dem Boden, und Robin erklärte ihr, was sie tun sollte. Während Lina das lange Teil des Bettrahmens gerade hielt, passte er den Pfosten an und schraubte ihn fest. Ziemlich angetan beobachtete sie das Spiel seiner gut definierten Oberarmmuskeln.

Während sie das Bett zusammenbauten, hatten sie kaum Gelegenheit zum Plaudern, weil der Akkuschrauber zu viel Krach machte, und so beschränkte sich das Gespräch aufs Handwerkliche. Als sie schließlich fertig waren, fiel Linas Blick auf einen Instrumentenkasten an der Wand.

„Ist das ein Cello?", fragte sie.

„Ja, genau."

„Spielst du?"

„Jeden Tag!", gab Robin mit einem Lächeln zurück. „Ohne mein Cello könnte ich gar nicht existieren. So gesehen ist es eine gute Sache, dass unsere Nachbarn nicht geräuschempfindlich sind. Ich hoffe nur, dass *dich* das nicht stört... immerhin wohnst du direkt unter mir.

„Quatsch!", entgegnete sie, „im Gegenteil: Ich mache selber auch Musik."

„Was denn?"

„Ich spiele Gitarre und singe dazu."

„Ah, cool."

Lina überlegte kurz und sagte:

„Vielleicht können wir ja mal zusammen was spielen."

„Klar, warum nicht? Habe ich so noch nie ausprobiert, aber gute Idee."

„Ich spiele allerdings nur Popmusik, und ich bin auch nicht besonders gut. Du bist wahrscheinlich viel musikalischer als ich..."

„Ach was! Die Hauptsache ist doch, dass man Spaß dabei hat!"

„Also gut... und was sollen wir spielen? Du spielst wahrscheinlich eher Klassik, oder?"

„Nicht nur. Vielleicht zur Hälfte. Pop ist okay!"

„Brauchst du dafür Noten?“

„Nein“, lachte Robin. „Ich muss den Song nur ein bisschen kennen, dann kann ich schon irgendwas improvisieren.“

„Wow, ich bin beeindruckt.“

„Warten wir es ab. Du hast mich ja noch nicht spielen gehört.“

„Ich bin echt gespannt.“

„Ich auch“, sagte er und fuhr fort: „Kannst du mir noch kurz beim Bildaufhängen helfen?“

„Klar.“

An einem Stapel Kartons lehnte ein großformatiges Bild. Sie griffen es gemeinsam, und Robin bat sie, es an die Wand zu halten. Während sie das tat, hantierte er mit der Wasserwaage, gab Anweisungen zum Korrigieren, und schließlich markierte er die Stellen zum Bohren. Dann nahm sie das Bild runter, und nachdem er gebohrt, gedübelt und geschraubt hatte, hängten sie es auf, traten ein paar Schritte zurück und begutachteten es.

„Sieht gerade aus“, meinte Lina.

„Ja. Ich checke noch mal mit der Wasserwaage.“

So tat er und war zufrieden.

„Tolles Bild übrigens!“, sagte Lina.

Es handelte sich um eine Fotografie, die so ungewöhnlich stimmungsvoll und träumerisch wirkte, dass sie auch ein Gemälde hätte sein können und hochwertiger aussah als jene Bilder aus Massenproduktion, die man in Möbelhäusern kaufen konnte. Sie zeigte ein Ensemble von zuckerhutförmigen Hügeln, die aus dem Meer herausragten, in Abendstimmung.

Lina glaubte die Szenerie wiederzuerkennen, ohne genau sagen zu können, was und wo das war. Zentrales Motiv war eine asiatische Dschunke mit roten Segeln. Dazu passend war der elegante Holzrahmen im gleichen Farbton gehalten.

„Wo ist das?", fragte Lina.

„Das ist die Halong-Bucht in Vietnam."

„Ach ja!", sagte sie. „Unglaublich schön. Warst du mal da?"

„Nein, leider nicht."

„Ich auch nicht. Wie bist du zu dem Bild gekommen?"

„Ich habe es zufällig in einer Galerie gesehen, und es hat mich magisch angezogen. Ich könnte nicht genau sagen warum, aber es hat etwas in mir ausgelöst. Und da musste ich es unbedingt haben."

Lina sah ihn an. Mit versonnenem Lächeln blickte er auf das Bild. Ihr gefiel diese sentimentale Ader an ihm.

„Und es war echt nicht billig", fuhr er fort. „Normalerweise bin ich eher der sparsame Typ, aber da habe ich es mal richtig krachen lassen."

„Verstehe ich gut. Manchmal muss man sich was gönnen."

„Ja", erwiderte er und setzte dann hinzu: „Weißt du was? Heute bin ich noch ziemlich beschäftigt mit meiner Bude. Aber warum kommst du nicht morgen Abend rauf, und dann machen wir eine kleine Jamsession."

„Okay, cool!"

„Na dann... Den Rest hier schaffe ich alleine. Danke nochmal für deine Hilfe!"

„Gerne. Dann sehen wir uns morgen."

4

Am folgenden Tag fiel es Lina schwer, an irgendetwas anderes zu denken als an ihr musikalisches Date. Sie hatten sich für den frühen Abend verabredet. Natürlich hatte sie direkt nach dem Besuch bei Robin Jackie angerufen und brühwarm berichtet. Dann hatte sie Noten zusammengesucht, ihre Gitarre poliert und fleißig geübt.

Jetzt war sie auf dem Weg zum Blumenladen. Schließlich hatte sich die Sachlage gründlich geändert. Jetzt wäre es sogar ziemlich schräg, wenn sie *ohne* ein Gastgeschenk aufkreuzen würde. So kaufte sie eine rotblühende Dipladenie mit ebenso rotem Übertopf, die in Robins Schlafzimmer gut zu den Segeln der Dschunke passen würde. Sie ließ das Präsent in Klarsichtfolie packen, und lief damit nach Hause.

Ihre Nervosität stieg von Stunde zu Stunde, bis es schließlich Zeit war, nach oben zu gehen. Sie packte ihre Gitarre in den Gitarrenkoffer, füllte eine blaue Ikea-Tasche mit der Pflanze, dazu Noten, Notenständer und weiteren Utensilien, und schließlich machte sie sich damit auf den Weg nach oben.

Als sie die Klingel drückte, bemerkte sie, dass ihre Hand ziemlich zitterte. Sie musste nicht lange warten, bis Robin die Tür öffnete. Er hatte sich ein bisschen schicker gemacht: Schwarzes Hemd, gute Jeans, und ein angenehmes, edel anmutendes Aftershave wehte sie an.

„Hi!", sagte er lächelnd.

„Hi!"

„Ist die für mich?", fragte er mit Blick auf die Dipladenie.

„Ja! Für dein Schlafzimmer."

„Passend zum Bild. Gut ausgewählt! Komm, wir bringen sie direkt rüber."

Lina trat ein, stellte ihre Sachen ab, übergab Robin die Pflanze, und dann wechselten sie ins Schlafzimmer. Hier war inzwischen alles in Ordnung, Keine Kisten mehr, alles stand akkurat am Platz. Es war ein wirklich gemütliches Zimmer, die Möbel in Weiß, Teppich und Bettwäsche in dezentem Beige.

Er stellte die Pflanze probeweise auf den Nachttisch.

„Passt perfekt!", sagte er.

„Finde ich auch!"

„Danke!"

Sie verließen das Zimmer, er nahm gentlemanlike ihre Sachen und führte sie ins Wohnzimmer. Auch hier war alles fertig eingerichtet, und auch hier waren alle Möbel weiß, während auf dem frisch geschliffenen Dielenboden ein olivgrüner Orientteppich lag. Insgesamt wirkte das Zimmer hell und freundlich.

Er packte ihr Zeug neben die beige-graue Couchgarnitur, und Robin sagte:

„Setz dich doch aufs Sofa. Was möchtest du trinken?"

„Tee wäre nett!“, erwiderte sie.

Während er in der Küche verschwand, schaute sie sich weiter um. Der Raum war eher sparsam dekoriert. An den Wänden hingen eingerahmte Poster von Paul-Klee-Gemälden, einen Fernseher hatte er nicht, dafür eine ziemlich hochwertig aussehende Hifi-Anlage mit massiven Lautsprecherboxen.

Und dann fiel Lina etwas ins Auge, das sie zugleich amüsierte und stutzig machte: Ein alter, arg mitgenommen aussehender Teddybär hockte auf der anderen Ecke des Sofas. Aus einigen Löchern quoll das Futter heraus, ihm fehlte ein Auge, und das Fell war ein ziemlich ramponiert. Sie nahm den Bär auf den Schoß und war gerade dabei, ihn zu begutachten, als Robin zurückkam, mit einem Tablett in den Händen.

„Wer ist denn dieser bemitleidenswerte kleine Freund?“, fragte sie.

„Oh, das ist Tobi.“

„Hallo Tobi!“, sagte sie. „Ich glaube, Tobi muss mal zum Arzt.“

„Ja“, lachte Robin. „Ich habe mir schon oft vorgenommen, ihn mal zu reparieren, aber ich habe kein Händchen für sowas. Und irgendwie mag ich es auch so. So ist er authentisch.“

„Wie alt ist er?“

„Soweit ich weiß, gibt es ihn ungefähr seit meiner Geburt. Tobi ist immer dabei, wenn ich auf Reisen bin, deswegen sieht er auch nicht mehr ganz so frisch aus. Ich weiß schon, es ist ein bisschen schräg, wenn ein erwachsener Mann einen Teddybär hat...“

„Ja, das ist schräg, aber irgendwie auch ein bisschen süß."

„Tja", erwiderte Robin, „gewöhn dich lieber dran, dass ich generell ein ziemlich schräger Typ bin. Nur, dass du es schon mal gehört hast."

„Okay, gut zu wissen", erwiderte sie.

Während der kleinen Unterhaltung hatte Robin den Teetisch gedeckt, und nun setzte er sich neben seinen Gast. Lina gab Zucker und Milch in ihren Tee und sagte:

„Wie ich sehe, hast du deine Bude schon ziemlich wohnlich hinbekommen in der kurzen Zeit. Nicht schlecht."

„Ja, ich habe gestern noch bis Mitternacht gewerkelt. Ich hoffe, ich war nicht zu laut."

„Nein, ich habe fast nichts gehört."

Eine kurze, leicht verlegene Pause entstand, dann sagte Lina:

„Jetzt musst du mal erzählen: Wo kommst du eigentlich her? Bist du Berliner? Du sprichst ja ziemlich klares Hochdeutsch."

„Ich bin ursprünglich aus NRW. Genau genommen aus Münster. Da habe ich auch studiert, und jetzt bin ich zum Arbeiten nach Berlin gekommen."

„Ah, okay."

„Das erste halbe Jahr habe ich noch in einem WG-Zimmer gewohnt, aber das war mir bald zu blöd, und deswegen habe ich mir was Eigenes gesucht."

„Was war daran blöd? Kann doch sehr lustig sein."

„Das war mal so ein Experiment, aus der Not heraus. Aber es hat nicht funktioniert. Ich bin nicht so der gesellige Typ, eher Einzelkämpfer."

„Ah, okay... Und deine Umzugshelfer? Waren das keine Freunde von dir?"

„Nein, das waren bezahlte Studenten."

„Hmm... okay... Und was genau machst du beruflich? Was hast du studiert?"

„Ich habe Medizin studiert und arbeite jetzt an der Charité, um Facharzt zu werden."

„Welche Richtung?"

„Anästhesist."

„Wow... schöner Beruf, aber bestimmt auch hart."

„Ja. Momentan arbeite ich zehn Stunden am Tag Minimum, oft auch bis zu 16 Stunden am Stück, mit kurzen Pausen. Du weißt ja wahrscheinlich, was in deutschen Krankenhäusern so los ist."

„Ja, das ist krass."

„Und was du tagtäglich so erlebst, geht schon auch an die Substanz. Letzte Woche hatten wir einen Patienten, der wollte zuhause Selbstmord begehen, und hat sich mit einem Brotmesser den halben Bauch zerstochen."

„Gott!"

„Ja... das war nicht wirklich hübsch."

„Das könnte ich gar nicht ertragen. Hut ab, dass du das kannst."

„Das ist schon eine Herausforderung. Aber gerade das macht für mich auch den Reiz aus. Man arbeitet jeden Tag am Limit, und es geht oft um Leben oder

Tod. Und dafür opfere ich mich gerne auf. Auch wenn die Bezahlung momentan erst mal eher mau ist."

„Finde ich beeindruckend", sagte Lina.

Ihr war aufgefallen, dass Robin während des Gesprächs zunehmend nervös gewirkt und immer wieder Richtung Küche geschaut hatte. Jetzt stand er auf und sagte:

„Entschuldige mich mal eben..."

Dann ging er zur Küche und kam kurz darauf zurück.

„Alles okay?", fragte sie.

„Jaja, alles gut. Ich dachte nur, der Wasserhahn tropft."

„Ach so? Ist mir gar nicht aufgefallen. Hätte mich jetzt aber auch nicht so gestört."

Robin sah sie mit einem merkwürdigen Blick an.

„Aber dich scheint es zu stören", sagte sie.

„Ja, ich kann es tatsächlich nicht leiden, wenn der Wasserhahn tropft. Das macht mich nervös."

„Naja", gab sie zurück, „jeder hat so seine kleinen Marotten."

„Ich hab ja gesagt, dass ich ein bisschen schräg bin... Und du? Was machst du beruflich?"

Lina erzählte ihm von ihrem neuen Job und dass sie aus Berlin stammte und auch hier studiert hatte.

Robin hörte aufmerksam zu, doch dann schaute er wieder nervös zur Seite, stand auf, und kam kurze Zeit darauf wieder zurück.

„Der Wasserhahn?", fragte Lina.

„Ich wollte lieber noch mal im Bad nachsehen, ob es da tropft", lachte Robin etwas verlegen. „Ich weiß, das wirkt bestimmt komisch auf dich, aber ich wollte nur ganz sicher gehen."

Eine peinliche Pause entstand, Lina wusste nicht recht, was sie denken sollte.

„Wollen wir mal unsere Instrumente in Stellung bringen?", fragte Robin.

„Gute Idee!"

Sie standen auf, und während Lina ihre Gitarre auspackte, stellte Robin zwei Stühle einander gegenüber auf, um dann auch sein Cello rauszuholen. Ihr wurde bewusst, dass sie noch nie so ein Instrument aus der Nähe gesehen hatte. Es war aus schönem dunkelbraunem Holz gefertigt und wirkte alt und hochwertig.

„Beeindruckendes Instrument", sagte sie. „Erzähl mal was drüber."

„Das Cello hat mir meine Mutter zur Konfirmation geschenkt. Das ist so eine Familientradition von uns. Ihr Vater hatte ihr auch eins zur Konfirmation geschenkt. Es ist über 100 Jahre alt."

„Wow!"

„Aber ziemlich gut erhalten. Für sein Alter hat es wenig Macken und Kratzer, nur ein bisschen Patina sozusagen, aber gerade das mag ich daran."

Während er das Cello in der einen Hand hielt, nahm er mit der anderen einen Lederriemen aus dem Koffer, der wie ein Gürtel eine Reihe von Löchern aufwies, die mit Metallringen verstärkt waren, und der am Ende eine Schlaufe hatte. Er ließ den Riemen fallen, kippte den Stuhl leicht und bugsierte die Schlaufe dann geschickt mit dem Fuß unter das Stuhlbein, und ließ dieses herunter, sodass die Schlaufe dort festhing.

„Wofür ist das?", fragte Lina.

„Das ist ein Stachelanker. Das Cello hat unten einen Stachel, siehst du? Den steckt man in den Anker, und dann kann es nicht rutschen."

„Ah, verstehe."

Er setzte sich, nahm das Cello zwischen seine Beine, fixierte den Stachel im Anker, beugte sich dann zum Cellokoffer, holte den Bogen raus und begann das Instrument zu stimmen. Gleich als der erste Ton erklang, lief ihr ein warmer Schauer über den Rücken. Natürlich wusste sie, wie sich ein Cello anhörte, aber sie kannte es nur aus Konzerten mit größerem Orchester oder von Aufnahmen. Wie ein Cello in einem Wohnzimmer klang, das war ihr völlig neu. Sie staunte, was für einen satten, voluminösen Ton dieses Instrument hervorbrachte, warm und samtig wie eine Männerstimme.

„Okay, ich bin soweit", sagte Robin. „Was wollen wir spielen? Was hast du da?"

„Tja", sagte Lina, und blätterte in ihren Noten. „Ich weiß ja nicht, was dir so gefällt."

„Zeig mal!", sagte er, sie reichte ihm ihre Noten, und er blätterte darin.

„Ed Sheeran, Coldplay, Billie Eilish... gefällt mir schon mal ganz gut. Und du hast hier auch eine Menge Oldies... Oasis, U2, Beatles, David Bowie..."

„Ja, ich finde, früher gab es einfach mehr handgemachte Musik. Heute ist ja so viel computergeneriert."

„Finde ich auch. Ich sehe schon, wir haben einen sehr ähnlichen Musikgeschmack."

Er blätterte weiter.

„Oh... *Wake Me Up* von Avicii... Du kannst jetzt gerne lachen, aber den Song mag ich irgendwie. Erinnert mich an meine wilden Zeiten, als ich Teenager war."

„Wilde Zeiten? Und was für wilde Sachen hast du so angestellt?", fragte Lina amüsiert.

„Naja... ganz so wilde Sachen waren das ehrlich gesagt gar nicht. Ich war eigentlich ziemlich brav."

„Erzähl! Was war das Wildeste, was du als Teenie verbrochen hast?"

„Hmm...", machte Robin und überlegte. Schließlich schmunzelte er und sagte: „Ich schätze, das Wildeste war, dass ich mit einem Kumpel zusammen beim Videogucken drei Packungen Chips und zwei Flaschen Cola geleert habe. Das war der Rekord. Danach war mir ziemlich übel. Aber ich habe den Rülpswettbewerb gewonnen."

Lina musste lachen:

„Unglaublich wild!"

„Und du?"

„Muss ich drüber nachdenken."

„Lass dir ruhig Zeit."

Sie überlegte und fing an zu lachen.

„Und?", fragte Robin.

„Kann ich nicht sagen. Ist zu peinlich."

„Okay, jetzt will ich es *erst recht* wissen."

Sie zögerte und sagte:

„Da war ich 17 oder so. Wir waren mit ein paar Leuten unterwegs, und jemand hatte eine Haschpfeife dabei. Ich hatte mit sowas keine Erfahrung und wollte es mal ausprobieren. Also habe ich einen Zug genommen. Erst habe ich nichts gemerkt. Dann sind wir in eine Kneipe gegangen und haben uns an einen Tisch gesetzt. Urplötzlich wurde mir schlecht, und dann habe ich quer über den Tisch gereihert."

„Lecker!", sagte Robin und lachte.

„Du glaubst nicht, wie schnell wir wieder raus waren aus der Kneipe."

Robin schüttelte lachend den Kopf.

„Ich habe ja gesagt, dass es peinlich ist. Danach habe ich nie wieder Drogen angerührt."

„Ist auch besser so."

„Und du? Hast du Erfahrung mit Drogen?"

Er schüttelte den Kopf und sagte:

„Anscheinend spielen wir in Sachen Wildheit in einer ähnlichen Liga."

„Sieht so aus. Manch einer würde vielleicht sagen: In der langweiligen Liga."

„Mag sein. Aber ich finds gut so."

„Ich auch."

„Übrigens hatte Tim Bergling ja massive Probleme mit Drogen und Alkohol, bevor er Selbstmord begangen hat."

„Wer ist Tim Bergling?"

„Avicii."

„Ach so."

„Der Künstlername ist auch interessant. Das Wort steht im Buddhismus für die schlimmste Hölle."

„Wirklich?"

„Ja. Allerdings gab es den Namen schon, deswegen hat Bergling noch ein i hinten dran gehängt. Das buddhistische Wort Avici schreibt sich nur mit einem i. Der arme Kerl hatte sehr mit Ängsten und Depressionen zu kämpfen."

„Interessant."

„Okay, wollen wir spielen?"

„Gerne."

„Gut, fang du einfach an, und ich klinke mich ein."

Mit zitternden Händen begann sie zu spielen und war reichlich nervös. Aber sie überwand sich und begann, die Strophe zu singen. Robin warf ihr einen anerkennenden Blick zu, und nach der ersten Strophe kam er rein und spielte eine Begleit-Melodie, die im Original gar nicht vorkam.

Dann, im Mittelteil, spielte er das Riff, das im Original vom Keyboard kam, und variierte es auf reizvolle Art. Lina bekam eine Gänsehaut. Das Cello klang einfach unbeschreiblich schön zusammen mit ihrer Gitarre, und er spielte mit erstaunlicher Leichtigkeit, intonierte fehlerfrei und präzise und hatte ein gutes Rhythmusgefühl. Es war, als hätte er nie etwas anderes gespielt als diesen Song. Und dabei improvisierte er nur. Fasziniert sah sie immer wieder zu ihm rüber. Sein Gesichtsausdruck wirkte ernst und fokussiert, und das verlieh ihm eine ganz besondere Aura.

Ihre Aufregung ließ ein wenig nach, trotzdem zitterten ihr die Finger, und sie verspielte sich mehrmals. Das war ihr reichlich unangenehm, gerade weil Robin so souverän war. Aber auch wenn sie mit ihrer eigenen Performance unzufrieden war, ging ihr das Zusammenspiel unter die Haut.

Als sie schließlich geendet hatten, sagte sie:

„Wow! Du bist richtig gut!"

„Danke!", gab er zurück. „Und du hast eine wirklich schöne Stimme!"

„Sorry, dass ich mich ein paarmal verspielt habe."

„Macht doch nichts!"

„Lass uns noch was probieren!", sagte Lina und so spielten sie noch zwei weitere eher peppige Songs: *Shape Of You* von Ed Sheeran und *Rollercoaster* von Ronan Keating. Robin gelang es, den Songs mit seinen Improvisationen einen ganz eigenen, neuen Charakter zu verleihen, und es machte Lina trotz aller Nervosität einen riesigen Spaß. Schließlich spielten sie noch ein eher emotionales Stück: *Mad World* von Tears For Fears, und Robin spielte dazu so ausdrucksvoll und bewegend, dass ihr fast die Tränen kamen.

Als sie schließlich geendet hatten, sahen sie sich eine ganze Weile lang sprachlos an, bis Robin ein ergriffenes „Wow!" ausstieß und sagte:

„Das ist richtig toll!"

„Ja, finde ich auch. Aber ich glaube, ich brauche mal eine Pause."

„Klar!", erwiderte Robin. Sie legten ihre Instrumente zurück in die Koffer und ließen sich auf dem Sofa nieder.

„Willst du was essen?", fragte er.

„Ich hätte nichts dagegen."

„Gut, dann bestellen wir Pizza – oder was immer du magst. Ich bin noch nicht auf Kochen vorbereitet."

„Okay, Pizza klingt toll."

Sie bestellten, und während sie warteten, plauderten sie über Musik, über ihre liebsten Bands und Komponisten und die besten Konzerte die sie gesehen hatten. Es zeigte sich, dass sie beim Thema Musik eine schier unerschöpfliche Quelle an gemeinsamem Gesprächsstoff angezapft hatten. Zu ihrer Überraschung hatten ihre Geschmäcker eine ganze Menge Überschneidungen.

Schließlich kam ihre Pizza, und nachdem sie aufgegessen hatten, spielten sie noch einige Songs zusammen, bis Robin sagte, dass er am nächsten Morgen früh raus müsse. Sie verabschiedeten sich und beschlossen, in den nächsten Tagen wieder zusammen Musik zu machen.

„Wir schreiben uns noch deswegen, ja?", schloss Robin.

„Okay!"

Damit standen sie auf, und er begleitete sie zur Tür.

„Das war ein echt schöner Abend!", sagte Lina.

„Ja, fand ich auch!", erwiderte Robin mit einem Lächeln. Einen Moment lang standen sie wortlos und verlegen einander gegenüber, dann bot sie ihm ihre Wange für einen Abschiedskuss. Er lächelte nervös und gab ihr einen kurzen Kuss. Daraufhin standen sie wieder etwas verlegen da, bis Robin sagte:

„Ich schätze, ich sollte eine Sache schon mal klarstellen."

„Du hast eine Freundin."

„Nein, das nicht. Aber... wie soll ich sagen... ich bin nicht so der Beziehungstyp. Ich finde dich sehr nett, und ich will dir nicht weh tun. Deswegen möchte ich, dass du von vornherein Klarheit hast."

„Oh... okay...", sagte sie und setzte hinzu: „Und was wäre, wenn ich nicht nett wäre?"

„Dann könnte es passieren, dass du dir ein gebrochenes Herz einfängst."

„Ach, so einer bist du..."

„Also sooo einer bin ich nun auch wieder nicht."

Sie sah ihn prüfend an und erwiderte:

„Na, jedenfalls danke, dass du ehrlich bist."

„Aber wir können Freunde sein, oder?"

„Klar..."

„Also dann..."

„Bis bald!"

5

Für den nächsten Abend hatte Lina sich mit Jackie bei einem Italiener unweit von Linas Wohnung verabredet. Sie saßen an einem Fensterplatz, tranken Soave und warteten auf ihre Pasta. Lina mochte das gemütliche kleine Lokal. Die Wände waren mit rotem Ziegelstein verkleidet, dunkle Holzbalken unter der Decke sorgten für einen rustikalen Look, und eine große, offene Küche mit Steinofen, in der die Pizzabäcker vor den Augen der Gäste die Pizza zubereiteten, dominierte den Raum.

„Jetzt erzähl!", sagte Jackie. „Wie war es mit deinem Traumprinzen?"

„Oh Mann, Jackie, ich weiß nicht, wo ich anfangen soll."

„Das klingt vielversprechend."

„Kurz gesagt: Er ist ein Arschloch. Einer, der Frauen benutzt und dann wegwirft."

„Woher weißt du das?"

„Er hat es mir gesagt."

„Ernsthaft?"

„Naja, nicht so direkt. Aber darauf lief es hinaus."

„Okay, wenn er nichts Ernsthaftes will, dann ist er ja vielleicht was für mich!", grinste Jackie.

„Ich warne dich!"

Jackie lachte.

„Er meinte, er ist nicht der Beziehungstyp, aber wir könnten Freunde sein. Er findet mich nett und will mir nicht wehtun."

„*Nett*. Das hört eine Frau gerne."

„Ja, oder?"

„Aber immerhin war er ehrlich."

„Na, toll... aber gerade das treibt mich zur Verzweiflung!"

„Dich hats richtig erwischt, oder?"

„Jackie, das war wirklich das außergewöhnlichste Date, das ich je hatte! Wir haben zusammen Musik gemacht! Und es war so cool! Er spielt traumhaft Cello. Und mit ihm zusammen Musik zu machen, das war einfach... ich weiß gar nicht, wie ich es beschreiben soll... es war wie Seelen-Sex."

„Seelen-Sex?! Wow! Also, ich hatte in meinem Leben ja schon alle möglichen Sorten von Sex, aber eine ganz bestimmt nicht: Seelen-Sex."

Die beiden lachten.

„Aber er will mit dir nur befreundet sein", sagte Jackie schließlich.

„Ja...", jammerte Lina. „Und wahrscheinlich ist das auch besser so."

„Inwiefern?"

„Naja, ich glaube, er hat ein paar psychische Probleme."

„Oh... was denn?"

„Er ist zweimal aufgestanden, um zu checken, dass der Wasserhahn auch wirklich nicht tropft. Und dabei war er ziemlich nervös."

„Klingt nach einer Zwangsstörung."

„Ja. Außerdem hat er einen Teddybär aus seiner Kindheit, der ihm total wichtig ist."

„Aber das ist doch süß!"

„Ja schon, aber er nimmt ihn auch immer mit auf Reisen."

„Okay, das ist merkwürdig. Was noch?"

„Naja, er ist grundsätzlich schon sehr charmant, aber zwischendurch wirkt er immer wieder mal auf merkwürdige Art abwesend. Ich weiß nicht recht."

„Also, klarer Fall. Geh ihm lieber aus dem Weg. Mit solchen Leuten hat man nur Ärger."

„Ich weiß", sagte Lina betrübt. „Und trotzdem... ich weiß nicht, ob ich das schaffe, ihm aus dem Weg zu gehen. Und selbst wenn ich das versuchen würde – er wohnt im selben Haus. Wir werden uns zwangsläufig über den Weg laufen. Ich sitze in der Falle!"

„Und was heißt das jetzt? Willst du ihm hinterhertrotten wie ein willenloses Hündchen?"

„Nein, natürlich nicht. Aber ich möchte ihn schon nochmal treffen und mit ihm Musizieren..."

„Du musst es wissen... aber ich habe echt kein gutes Gefühl..."

Als Lina an diesem Abend wieder zu Hause war, kam eine Nachricht von Robin:

„Hey Lina, wie gehts dir? Wollen wir uns am Samstag wieder treffen zum Musik machen?"

Ein Freudenschauer durchströmte sie. Einen Moment lang wartete sie, um nicht den Eindruck zu machen, als hätte sie sehnlichst auf eine Nachricht von ihm gewartet, und schrieb dann:

„Klingt gut. Bin dabei!"

Sie verabredeten sich für den frühen Samstagnachmittag.

In den folgenden Tagen fiel es ihr schwer, sich auf die Arbeit zu konzentrieren, so sehr fieberte sie der Verabredung entgegen. Tausend Gedanken schwirrten ihr durch den Kopf. Offensichtlich interessierte er sich für sie. Vielleicht würde es ihr ja doch irgendwie gelingen, ihn so von sich einzunehmen, dass er sich auf eine Beziehung einlassen würde? Andererseits war ihr bewusst, wie naiv diese Hoffnung war. Immer wieder grübelte sie darüber nach, ob es überhaupt eine gute Idee war, sich mit ihm zu treffen. Wahrscheinlich hatte Jackie Recht, und sie würde sich im

Zweifelsfall nur die Finger verbrennen. Und trotzdem konnte sie ihn nicht einfach vergessen...

Und noch etwas beschäftigte sie: Es wurmte sie, dass sie beim Musikmachen so nervös gewesen war und sich so oft verspielt hatte. Wenn sie ihn für sich einnehmen wollte, dann musste sie definitiv besser werden. Daher nahm sie sich jeden Abend zwei, drei Stunden Zeit und übte, bis ihr sie Fingerkuppen schmerzten.

Schließlich kam der Samstag, und Lina war noch nervöser als vor ihrem letzten Treffen. Sie hatte es aufgegeben, eine Lösung für ihr Dilemma zu finden und beschlossen, die Dinge einfach geschehen zu lassen, wie wie sie eben geschahen.

Sie klingelte an seiner Tür, er öffnete, und sie begrüßten sich.

„Schön, dass es geklappt hat", sagte er lächelnd und bat sie rein.

Sie gingen rüber ins Wohnzimmer, und er sagte mit einem schelmischen Grinsen:

„Ich bin sehr gespannt, wie es heute klingt, schließlich hast du ja fleißig geübt!"

Lina war klar gewesen, dass er sie hatte hören können, aber jetzt war es ihr ein bisschen peinlich. Sie fühlte sich ertappt.

„Stimmt... ja...", sagte sie verlegen.

„Dann lass uns doch direkt anfangen!"

„Okay."

Sie packten ihre Instrumente aus und begannen zu spielen. Zunächst wollten sie die Stücke vom letzten Mal wiederholen und begannen mit dem Ed-Sheeran-

Song. Auch heute war Lina ziemlich nervös, aber sie merkte, dass sich das Üben gelohnt hatte. Sie spielte sicherer, und ihre Stimme klang fester und voller. An seinem Blick sah sie, dass er die Verbesserung wahrnahm, und das gab ihr noch mehr Sicherheit. Das Zusammenspiel war deutlich harmonischer und ausdrucksvoller als beim ersten Mal, und es erfüllte sie mit einem schwer zu beschreibenden Hochgefühl, sodass sie eine Gänsehaut nach der anderen bekam.

„Das läuft ja richtig gut heute!", sagte Robin begeistert, nachdem sie das erste Stück beendet hatten, „und deine Stimme ist wirklich richtig gut!"

„Danke!", gab sie zurück, und sein Kompliment sorgte für eine weitere Gänsehaut.

Sie spielten die übrigen Stücke, und Lina geriet in eine Art Rausch. So intensiv und erfüllend hatte sie das Musizieren noch nie erlebt, und ihr war, als ob Robin das ähnlich empfand, denn immer wieder sah er sie beim Spielen mit einem halb erstaunten, halb beglückten Gesichtsausdruck an.

Nachdem sie einige weitere Songs gespielt hatten, sagte Robin:

„Das macht wirklich unglaublich Spaß!"

„Geht mir auch so."

„Und ich finde, unser Zusammenspiel klappt richtig gut. Das klingt schon fast professionell."

„Ja, finde ich auch. Wir sollten unbedingt mal zusammen auftreten! Ich glaube, wir würden bestimmt ein paar Fans für uns gewinnen!"

„Auftreten...?"

„Ja!"

„Ich weiß nicht recht."

„Warum nicht?"

„Ich bin nicht so die Rampensau", sagte Robin mit einem leicht verkniffenen Blick.

„Aber du bist echt gut!"

„Vielleicht, aber Auftreten ist nicht so mein Ding."

„Warum?!"

„Lange Geschichte..."

„Okay... wie schade..."

Sie schwiegen eine Weile lang. Lina war etwas irritiert. Sie spürte, dass das Thema Robin nicht behagte, und daher ließ sie es bleiben, genauer nachzufragen.

„Sag mal", meinte sie schließlich, „das Wetter ist heute so frühlingshaft schön. Hättest du Lust, rauszugehen?"

„Klar, können wir machen."

„Kennst du dich schon ein bisschen aus in Kreuzberg?"

„Nicht wirklich. Ich habe vorher in Schöneberg gewohnt."

„Okay, dann führe ich dich ein bisschen herum."

Sie verließen die Wohnung und flanierten durch den Bergmann-Kiez. Das Viertel hatte seinen eigenen, etwas ruppigen Charme mit seinen dezent heruntergekommenen Straßen, den teilweise sehr reizvollen Altbauten, die vom Krieg unversehrt geblieben waren, und der Vielfalt an trendigen Cafés und Restaurants, kleinen Geschäften und Boutiquen.

Es herrschte einiger Trubel, und Lina mochte die bunte Mischung des Publikums: Hipster und Künstler, Studenten und Medienleute sowie Menschen aus den unterschiedlichsten Herkunftsländern lebten hier mehr oder weniger einträchtig zusammen.

„Warst du schon in der Marheineke-Markthalle?"

„Nein, noch nicht."

„Na, dann folge mir. Die musst du kennen als Kreuzberger!"

Die Markthalle, ein historischer Backsteinbau, der noch aus dem 19. Jahrhundert stammte, lag im Herzen des Bergmannkiezes und war ein zentraler Anlaufpunkt für Einheimische und Touristen gleichermaßen. Beim Betreten wurden sie mit einer anregenden Duftmischung von frischen Kräutern, Gewürzen und aromatischem Käse begrüßt. Der Markt erstreckte sich über zwei Etagen, wobei die obere eher eine Art Galerie war, und bot eine bunte Vielfalt an Produkten, von frischem Obst und Gemüse bis hin zu Fleisch, Käse und Backwaren.

Sie flanierten an den Ständen entlang, kosteten hier und da kleine Pröbchen, plauderten und lachten.

„Ich könnte direkt zuschlagen und einen kleinen Kaufrausch kriegen", sagte Lina. „Geht mir immer so, wenn ich hier bin."

„Greif doch zu!"

„Nee, dann muss ich das ja alles mit mir rumtragen. Wir können ja später nochmal herkommen."

Statt einzukaufen tranken sie an einem Kaffeestand einen Espresso und setzten dann draußen ihren Kiez-Spaziergang fort.

Lina führte ihn durch die Bergmannstraße zum Viktoriapark. An Zweigen und Ästen zeigten sich schon die ersten zaghaften Knospen, und es war ein deutlicher Hauch von Frühling zu spüren. Lina liebte es, hier spazieren zu gehen. Der Park war eine entspannte und malerische Oase, in die man dem städtischen Trubel entfliehen und ein kleines Stück Natur genießen konnte.

Eine Weile lang liefen sie schweigend, bis Lina anfing:

„Kann ich dich mal was fragen?"

„Klar."

„Ich muss immer noch dran denken, dass du nicht gerne auftrittst. Du meintest, das wäre eine lange Geschichte. Also, wenn du nicht drüber reden willst, dann nerve ich dich damit natürlich nicht. Aber irgendwie lässt mir das keine Ruhe."

„Schon okay. Was genau willst du wissen?"

„Ich meine, ich kann das ja nicht wirklich beurteilen, aber ich glaube, du spielst schon ziemlich gut Cello, kann das sein?"

„Naja... Da gibt es schon eine ganze Menge Leute, die noch weitaus besser spielen. Aber in meiner Kindheit galt ich tatsächlich als talentiert. Ich habe damals sogar einen deutschlandweiten Wettbewerb gewonnen."

„Wirklich?"

„Ja."

„Dann hättest du sogar Cello studieren können oder nicht?"

„Ja, hätte ich vermutlich. Und meine Mutter hat das sogar ein bisschen forciert."

„Aber?"

„Aber ich habe mich dagegen entschieden, und stattdessen Medizin studiert."

Sie blieb stehen und starrte ihn an.

„Jetzt warte mal kurz! Ist das nicht normalerweise umgekehrt? Ist es nicht sonst so, dass die Kinder was Künstlerisches studieren wollen, und die Eltern blockieren das, weil sie wollen, dass die Kinder etwas Seriöses lernen?"

„Ja", gab er zurück, „aber in unserem Fall war es umgekehrt."

„Aber *warum* hast du dich dagegen entschieden?"

„Tja...", machte Robin und blickte nachdenklich in die Ferne..

„Schwieriges Thema?", fragte Lina.

„Wie gesagt... ist 'ne lange Geschichte."

Lina hatte das Gefühl, dass es angemessener war, nicht weiter nachzubohren.

Sie liefen um eine Kurve und gelangten an den berühmten Wasserfall. Obwohl er künstlich angelegt war, hatte er einen natürlich wirkenden Charakter. Er entsprang auf dem Gipfel eines recht steilen Hügels, und das Wasser stürzte über eine Reihe von Basaltfelsen herunter in ein teichähnliches Becken.

„Na? Was sagst du dazu?", frage Lina. „Mit sowas rechnet man hier mitten in der Stadt gar nicht, oder?"

„Ja...", antwortete Robin in einem seltsamen Ton. Sie sah ihn an und erschrak: Sein Gesicht war blass, und er wirkte steif und fahrig.

„Ist irgendwas?, fragte Lina besorgt.

Robin antwortete nicht, stattdessen fing er an, hektisch zu atmen.

„Meine Güte, Robin, was ist los?“

„Panikattacke!“, brachte er mühsam hervor.

„Aber woher kommt das auf einmal?“

„Der Wasserfall!“

„Echt?! Okay! Dann lass uns einfach hier verschwinden.“

Sie hakte Robin unter und führte ihn einige Schritte weg von dem Gewässer.

„Was genau hat dich denn jetzt so irritiert?“, fragte sie.

„Das Geräusch! Ich kann das Rauschen von Wasser nicht ertragen.“

„Wirklich?! Okay... dann gehen wir jetzt weiter, bis wir den Wasserfall nicht mehr hören.“

Schließlich waren sie außer Hörweite, und sie ließen sie sich auf einer Parkbank nieder.

„Gehts wieder?“

„Schon besser“, antwortete Robin mit brüchiger Stimme. Noch immer war seine Atmung unruhig, seine Augen weit aufgerissen, und Lina bemerkte, dass er zitterte.

„Meine Güte, du Ärmster!“

Sie nahm seine Hand und streichelte sie. „Kann ich irgendetwas tun?“

Robin schüttelte den Kopf. Sie saßen eine Weile lang, bis er sich wieder einigermaßen gefangen hatte. Dann fragte sie:

„Kommt so was öfter bei dir vor?“

„Ab und zu.“

„Aber warum ausgerechnet Wasser? Ich habe noch nie gehört, dass jemand von Wasserrauschen Panik bekommt..."

„Gute Frage, das wüsste ich auch gerne."

Sie schwiegen eine Weile lang, während sie weiter seine Hand hielt, die sich kalt anfühlte.

„Es tut mir echt leid, dass ich so durchdrehe", sagte er. „Du hältst mich jetzt bestimmt für einen völligen Psycho."

„Tu ich nicht! Und du musst dich auch nicht entschuldigen. So was ist nur menschlich."

Er sah sie an und entgegnete:

„Ich bin froh, dass du das so siehst. Ich habe schon ganz andere Reaktionen erlebt."

„Wirklich? Was denn?"

„Manche Frauen, die ich kennengelernt habe, konnten mit sowas nicht umgehen. Die fanden das creepy."

„Ganz schön traurig. Also, ich bin keine davon!"

Eine Weile lang saßen sie nachdenklich da. Lina merkte, dass Robin sich zunehmend beruhigte. Unvermittelt sagte er:

„Weißt du, die Sache mit dem Auftreten und dem Cello-Studium... das hat auch was mit Panik zu tun."

„Lampenfieber?"

„Nein." Er hielt inne, suchte offenbar nach Worten und sagte dann: „Ich kann das Geräusch von Applaus nicht aushalten. Da kriege ich Angstzustände von."

„Wirklich?"

„Ja, damals als Kind und als Jugendlicher hatte ich öfter mal Auftritte. Jedes Mal, wenn die Leute klatschten, bekam ich Panik. Und deswegen wollte ich irgendwann ums Verrecken nicht mehr auftreten.. Meine Mutter dachte, ich hätte einfach Lampenfieber, und sie hat es nicht so besonders ernst genommen. Sie war ziemlich streng und meinte, dass ich lernen müsse, das zu überwinden. Also hat sie mich mehr oder weniger dazu gezwungen aufzutreten. Was sie nicht verstanden hat, ist, dass es absolut nichts mit Lampenfieber zu tun hatte, sondern nur mit Angst vor dem Applaus."

„Angst vor Applaus... davon habe ich auch noch nie gehört. Das ist wirklich eigenartig. Und hast du eine Ahnung, woher das kommt?"

„Nein."

„Hast du wegen dieser Angstzustände schon mal eine Therapie gemacht?"

„Auch nicht".

„Warum nicht?"

„Keine Ahnung. Weil das eh nichts bringen würde."

„Wieso denkst du das? Vielleicht solltest du es einfach mal versuchen."

„Nee, sorry, aber das ist nicht mein Ding."

Verwundert schaute sie ihn an. Nach einigem Nachdenken sagte sie:

„Ich könnte mir vorstellen, dass irgendwelche Kindheitserlebnisse hinter deinen Problemen stecken."

„Kann schon sein. Aber ich weiß nichts Genaues."

„Du weit nichts Genaues? Was hattest du denn für eine für Kindheit?"

„Durchwachsen", antwortete Robin mit einem gequälten Blick. „Als Jugendlicher hatte ich viel Streit mit meiner Mutter."

„Und davor?"

„Tja, meine Erinnerungen beginnen erst mit schätzungsweise zehn Jahren, also etwa die zweite Hälfte meiner Grundschulzeit. Davor weiß ich nichts mehr."

Lina sah ihn verblüfft an:

„Du hast keine Erinnerung an deine Kindheit vor dem Alter von zehn?"

Robin schüttelte den Kopf.

„Hast du deine Mutter mal nach dieser Zeit gefragt?"

„Mit der habe ich schon lange keinen Kontakt mehr. Wir hatten einen sehr heftigen Streit, als ich 17 war, und dann bin ich ausgezogen. Seitdem ist Funkstille. Ich weiß nicht mal, wo sie zurzeit wohnt."

„Wow. Das ist echt traurig... Worüber habt ihr euch denn gestritten?"

„Ach, auch das ist eine lange Geschichte."

„Okay, dann will ich dich nicht damit nerven. Und dein Vater?"

„Der ist bei einem Autounfall ums Leben gekommen."

„Oh nein. Das tut mir leid! Wann war das?"

„Soweit ich weiß, war ich sechs oder sieben. Ich habe an ihn auch keine Erinnerungen, außer an ein paar Fotos von ihm."

Lina setzte sich aufrecht:

„Aha! Könnte es sein, dass deine Gedächtnisblockade etwas mit dem Unfall deines Vaters zu tun hat?“

„Schon möglich“, sagte Robin. „Aber können wir jetzt vielleicht von was anderem reden?“

„Klar. Entschuldige bitte... ich wollte dich nicht quälen.“

„Ist schon okay. Wollen wir wieder zurück und ein bisschen Musik machen? Das beruhigt mich immer.“

„Okay, gute Idee.“

Sie standen auf, doch bevor sie losliefen, sagte Lina:

„Warte mal kurz!“

Dann nahm sie ihn fest in den Arm und sagte:

„Es tut mir so leid, was du durchmachst. Wenn es etwas gibt, was ich für dich tun kann, dann sag es mir bitte, ja?“

Er nickte. Sie hielt ihn eine ganze Weile lang fest, dann gingen sie los.

Kurz darauf saßen sie wieder im Wohnzimmer und spielten einige Songs. Tatsächlich schien es ihm gut zu tun, denn Robin war bald locker und befreit und konnte wieder lächeln.

Abends gingen sie noch gemeinsam bei einem Inder etwas essen, plauderten über unverfängliche Themen und hatten eine schöne Zeit zusammen. Als sie schließlich vor Linas Wohnungstür standen, um sich zu verabschiedeten, sagte er:

„Ich hoffe wirklich, du hast jetzt nicht einen völlig schrägen Eindruck von mir bekommen.“

„Nein", antwortete sie und sah ihm in die Augen. „Ich mag dich so, wie du bist, und diese Ängste gehören nun mal dazu. Ich wünschte nur, dass ich dir irgendwie helfen könnte."

„Es hat mir geholfen, mit dir zu reden! Und mit dir Musik zu machen. Danke dafür."

„Habe ich gerne gemacht."

„Also, gute Nacht!"

„Gute Nacht!"

6

Als Lina später im Bett lag, fand sie vor lauter Grübeln keinen Schlaf. Robin tat ihr so wahnsinnig leid mit seinen Angstzuständen. Was für eine Quälerei das sein musste! Er hatte in seinem Leben schon eine Menge auf die Reihe bekommen, und hatte es trotzdem nicht geschafft, sich seinen Problemen zu stellen und eine Therapie zu beginnen. Und so wie es schien, war es auch aussichtslos, dass er sich dazu entschließen würde.

Offensichtlich hatte er davor Angst. Kein Wunder eigentlich. Wie traumatisch musste seine frühe Kindheit gewesen sein, dass er sie bis heute komplett verdrängt und ausgeblendet hatte? Was um alles in der Welt mochte da passiert sein? War es der Unfall seines Vaters? Oder steckte mehr dahinter?

Jedenfalls war ziemlich klar, dass Robin alles tat, um sich dieser Vergangenheit nicht stellen zu müssen. Wie gerne sie ihm helfen würde!

Andererseits: Wie frustrierend würde es für sie werden, ihm zu helfen, in der Hoffnung, dass er sich doch eines Tages in eine Beziehung mit ihr wagen würde – und diese Hoffnung am Ende doch nur enttäuscht würde. Wäre es also nicht das Beste, auf Abstand zu gehen? Sie hatte ihn eben erst kennengelernt. Somit trug sie auch keine Verantwortung für sein Schicksal. Also, warum sollte sie sich damit belasten? Es war klar, dass dies eine kräftezehrende Geschichte werden würde, und Jackie hatte ganz recht gehabt, sie davor zu warnen.

Sie wälzte diese Gedanken in ihrem Kopf hin und her und kam schließlich zu dem Ergebnis, dass es tatsächlich das Beste wäre, auf Distanz zu gehen. Sie würde nicht weiter versuchen, mit ihm in Kontakt zu bleiben, und dann würde sich alles Weitere schon ergeben. Vermutlich würde die ganze Sache allmählich im Sande verlaufen.

Nachdem sie diesen Beschluss gefasst hatte, kamen ihr ein paar Tränen, und nach einer Weile fiel sie in matten Schlaf.

Als sie am folgenden Morgen im Bett lag und vor sich hin döste, kam eine Nachricht auf ihr Handy. Sie nahm es in die Hand: Robin hatte geschrieben!

„Na du, ausgeschlafen?“, fragte er. „Ich wollte dich fragen, ob du Lust hast, einen kleinen Ausflug mit mir zu machen. Ich würde gerne mal auf den Fernsehturm und mir die Stadt von oben angucken. Was meinst du? Bist du dabei?“

Ächzend legte sie das Handy zur Seite. Was sollte sie darauf antworten? Sie überlegte eine ganze Weile lang hin und her, schließlich dachte sie: *Ach, was soll's?* - und antwortete ihm:

„Klar, wann willst du los?"

Am frühen Nachmittag kamen sie am Fernsehturm an. Jedes Mal, wenn sie hier war, staunte sie, wie einschüchternd riesig der Turm wirkte, wenn man unten am Fuß stand und hinauf schaute. Im Bereich rundherum wimmelte es von Passanten, und es hatte sich eine ziemlich lange Schlange gebildet.

Lina war schlau genug gewesen, im Internet Tickets zu kaufen und Plätze für das Restaurant zu reservieren, sodass sie sich nun das Anstehen an der Kasse sparen konnten. Nur am Aufzug mussten sie eine Weile warten.

Eine Viertelstunde später saßen sie an ihrem Tisch. Die Metropole lag vor ihnen wie eine riesige Spielzeuglandschaft. Der besondere Clou war, dass sich das Restaurant drehte. Tisch und Stühle standen auf einer Art Ring, der mit zwei Umdrehungen pro Stunde rotierte, sodass die Gäste sitzend das gesamte Stadtpanorama genießen konnten.

Nachdem sie bestellt hatten, schauten sie raus, und Lina erklärte Robin, was sie von hier oben sahen. In der näheren Umgebung machten sie die Hochhäuser am Potsdamer Platz aus, daneben das Kulturforum mit Staatsbibliothek, Philharmonie und den umgebenden Museen, sie warfen einen Blick auf das Regierungsviertel mit Reichstag und Kanzleramt, und auch die Gebäude der Charité, dem Arbeitgeber von Robin, waren teilweise gut zu sehen.

Die Kellnerin kam und brachte ihr Mittagessen. Nachdem sie damit fertig waren, saßen sie eine Weile lang schweigend nach draußen, bis Robin anfing:

„Du hör mal, ich muss dir was sagen."

„Okay...?"

Lina wurde nervös. Was würde jetzt kommen?

Er räusperte sich

„Ähm... Oh Mann, ich bin echt nicht gut in sowas..."

„Was willst du denn sagen?"

„Ich möchte mich noch mal bei dir bedanken, dass du gestern so mitfühlend warst. Das hat mir wirklich gut getan..."

„Habe ich gerne gemacht."

„Und ich fand es auch erstaunlich, wie intensiv wir miteinander geredet haben. Normalerweise spreche ich überhaupt nicht über diese ganzen Sachen. Aber irgendwie hast du es geschafft, dass ich das mal rauslassen konnte."

„Das freut mich!"

„Da kannst du dir was drauf einbilden. Das hat bisher nämlich noch niemand geschafft."

Lina musste schlucken. Sie sah ihn an und sagte:

„Das war das schönste Kompliment, was ich seit Langem bekommen habe."

Sie sahen sich verlegen an, bis Robin sich erneut räusperte und sagte:

„Wir haben gestern sehr viel über mich gesprochen, und jetzt bin ich neugierig, auch mal etwas von dir zu erfahren. Erzähl mal was über dich!"

„Ach Gott... was soll ich denn erzählen?"

„Zum Beispiel weiß ich gar nicht, ob du Single bist oder nicht. Ich meine, ich gehe mal davon aus, oder?“

Lina erzählte ihm von ihrer siebenjährigen Beziehung, und dass sie seit zwei Jahren allein war.

„Wow!“, sagte er, „Sieben Jahre! Bewundernswert! Meine längste Beziehung war ein halbes Jahr, und das war ein ziemliches Desaster.“

„Und warum klappt das bei dir nicht? Was denkst du?“

Robin überlegte und erwiderte:

„Ich glaube einfach nicht daran, dass ich dazu bestimmt bin.“

„Warum nicht?“

„Weil Beziehungen mir nicht gut tun. Meistens komme ich früher oder später komisch drauf, und irgendwann kommt der Punkt, wo ich es nicht mehr ertrage. Und dann ist es besser, wenn ich gehe.“

„Klingt nach einer klassischen Beziehungsangst.“

„Kann schon sein. Mit den Jahren habe ich mich damit arrangiert, einfach Single zu sein. Ich kann mich gut alleine beschäftigen, und im Grunde habe ich auch gar nicht wirklich so viel Zeit, auch noch eine Beziehung zu führen. Ich arbeite viel, außerdem spiele ich ja Cello, und ich gehe regelmäßig ins Sportstudio. Damit bin ich schon komplett ausgefüllt.“

„Eigentlich finde ich es ziemlich erstaunlich“, erwiderte Lina, „dass du all diese Sachen so gut hinbekommen hast – ich meine dein Studium, das Cellospielen und den Sport... immerhin bist du mit 17 von zu Hause weg, nachdem du eine schwierige Kindheit und Jugend hattest. Die meisten anderen würden danach wahrscheinlich nur noch saufen oder Crack rauchen oder sonst irgendeinen Mist bauen. Aber du hast deine Zeit sinnvoll gefüllt. Wie hast du das geschafft?"

„Ich weiß nicht... diese Sachen halten mich eben beschäftigt, und lenken mich ab von komischen Gedanken oder emotionalen Anwandlungen. Das war schon immer so, seit ich denken kann."

„Da hast du ja eigentlich eine sehr gesunde Art gefunden, mit emotionalen Problemen umzugehen."

„Ja, das würde ich schon sagen."

„Nur, dass du eben in Sachen Beziehung nicht so richtig auf einen grünen Zweig kommst."

„Tja... so bin ich eben..."

Er sah sie mit einem gewissen Blick an, den sie nicht so recht zu deuten wusste. Dann sagte er:

„Aber jetzt reden wir schon wieder die ganze Zeit von mir. Du wolltest mir doch eigentlich etwas von *dir* erzählen. Wie war zum Beispiel *deine* Kindheit?"

„Tja, ich kann mich glücklich schätzen, dass ich eine wirklich schöne Kindheit hatte. Meine Eltern waren immer sehr liebevoll, und ich hatte viele Freiheiten. Wir waren nicht sonderlich reich, aber es hat mir nie an irgendwas gefehlt. An den Wochenenden haben wir immer schöne Ausflüge gemacht. Das war unser Familienritual. So habe ich die Stadt gut kennengelernt, aber auch das Brandenburger Umland. Und wir waren auch oft an der Ostsee, manchmal auch nur für ein Wochenende."

„Das klingt beneidenswert."

„Ja, und ich bin meinen Eltern auch sehr dankbar dafür!"

„Und habt ihr heute auch noch ein gutes Verhältnis?“

„Ja, sehr gut. Auch wenn wir uns nicht mehr so häufig sehen. Aber wenn wir uns sehen, dann ist es immer sehr nett.“

Inzwischen war es später Nachmittag geworden, und die Sonne schob sich hinter den Horizont. Der Anblick von hier oben war spektakulär. Der Himmel leuchtete orange-rot, während sich im Dämmerlicht der Stadt ein funkelndes Lichtermeer ausbreitete. Sie plauderten noch über dies und das, bis es dunkel war, dann beschlossen sie, noch ein bisschen durch die laue Abendluft zu spazieren.

Der Mond war fast voll und leuchtete groß und orange über den Dächern, während sie den Boulevard *Unter den Linden* entlang spazierten. Robin war in bester Stimmung, machte reihenweise witzige Sprüche, und sie hatten viel zu lachen. Als sie an der Staatsoper und der Humboldt-Universität vorbei kamen, blieb Robin plötzlich stehen und sagte:

„Wahnsinn! Hier sieht es echt aus wie in Rom oder Paris oder so. Warte mal, ich muss mal ein Foto machen!“

Er holte sein Handy hervor und machte ein Bild.

„Und jetzt noch ein Selfie von uns beiden!“

„Ein Selfie von uns beiden?“, lachte sie neckisch, „du weißt aber schon, dass das ziemlich paradox ist?“

„Wieso?“

„Ein Selfie ist ein Selbstporträt.“

„Das weiß ich, Schlaubi Schlumpf. Das hier wird ein Selbstporträt *mit Beiwerk*.“

„Beiwerk... so hat mich auch noch keiner genannt. Wie charmant du sein kannst!“, frotzele sie.

„Jetzt sei mal friedlich und komm her!“

Er legte den Arm um sie und machte ein paar Zweieraufnahmen. Anschließend schauten sie sich seine Werke an und waren zufrieden. Beide waren auf den Bildern gut getroffen, und der prächtige abendliche Metropolen-Hintergrund sorgte dafür, dass die Fotos beinahe wirkten wie von einem Profifotografen gemacht.

Gut gelaunt liefen die beiden weiter, und Lina hatte zunehmend das Gefühl, dass Robin mit ihr flirtete. Hatte er vielleicht doch weiter gehende Empfindungen? Aufgedreht wie sie war, wagte sie daher einen kleinen Vorstoß:

„Weißt du was?“

„Was denn?“

„Dafür, dass du dich mit Beziehungen so schwer tust, machst du ganz schön viel richtig!“

„Ach ja?“, schmunzelte er.

„Ja. Du schaffst es, dass ich mich richtig wohl fühle in deiner Gegenwart; wir führen offene Gespräche, aber haben auch Spaß... du bist der vollendete Charmeur... eigentlich geht das alles schon fast ein bisschen zu weit, wenn wir nur Freunde bleiben wollen, findest du nicht?“

Er blieb stehen, sah sie mit einem gewissen Blick an und sagte dann in einem ernsthafteren Ton:

„Ich wundere mich selber ein bisschen.“

„Erzähl mir mehr davon!“

Er zögerte und sagte schließlich:

„Mir geht es genauso wie dir... Bei dir habe ich das Gefühl, dass ich ganz ich selbst sein kann. Das gefällt mir!“

Er sah sie an, dann fasste er ihre Oberarme, und während er sich ihr näherte, schoss Lina der Gedanke durch den Kopf, dass das ganz und gar keine gute Idee war – aber kaum hatten seine Lippen ihre berührt, warf sie ihre Bedenken über Bord und gab sich ganz dem Moment hin...

„Du bringst mich ganz schön durcheinander!“, sagte sie nach einem langen, innigen Kuss.

„Dito.“

Sie lachten etwas verlegen, dann fassten sie sich bei den Händen und liefen dem Brandenburger Tor entgegen. Dort angekommen bestellten sie ein Uber und fuhren Richtung Kreuzberg. Während sie durch die nächtlichen Straßen glitten, spürte Lina, wie ihr Herz heftig pochte. Er hielt ihre Hand, und sie schwiegen beide, aber in ihrem Kopf herrschte alles andere als Ruhe. Wie überraschend das gekommen war! Wie konnte es sein, dass Robin seine Meinung so radikal geändert hatte? Und war es nicht absolut leichtsinnig, sich auf ihn einzulassen, nach allem, was sie über ihn wusste? Aber es fühlte sich so gut und richtig mit ihm an, und alles in ihr sträubte sich dagegen, auf die Stimme der Vernunft zu hören.

Und wie sollte es jetzt weitergehen? Sollte sie ihn noch in ihre Wohnung bitten? Immerhin konnte sie den Vorwand geltend machen, dass er ihre Wohnung noch nie gesehen hatte. Oder sie könnte vorschlagen, dass sie oben bei ihm noch ein bisschen Musik machen könnten?

Aber war nicht klar, worauf das hinauslaufen würde? Und war nicht ebenso klar, dass früher oder später ein ernüchterndes Erwachen folgen musste? Und überhaupt war es nicht viel zu früh für so etwas? So gut kannten sie sich schließlich noch nicht.

So grübelte sie hin und her, bis sie schließlich an ihrem Haus angekommen waren. Sie stiegen aus und schlenderten zur Haustür. Lina holte ihren Schlüssel hervor, doch bevor sie aufschloss, hielt sie inne, sah sie ihn an und sagte:

„Am liebsten würde ich dich jetzt mit zu mir nehmen. Aber ich glaube, wir warten lieber noch ein bisschen, oder?"

„Ich schätze, du hast Recht", erwiderte er lächelnd.

Er küsste sie noch einmal innig, dann verabschiedeten sie sich und zogen sich in ihre Wohnungen zurück.

7

„Verstehe ich nicht!", sagte Jackie. „Er hatte doch klar gesagt, dass er nichts von dir will."

„Ich verstehe es ja auch nicht... aber der Abend war so schön! Wir sind uns irgendwie total nahe gekommen."

„Wie das so ist beim Knutschen", frotzele Jackie.

„Ich meine, *menschlich* nah!"

„Schon klar."

Sie saßen in einem Café im Bergmannkiez, es war Montagabend.

„Jetzt erzähl mal der Reihe nach!"

Lina schilderte nicht nur den Sonntag auf dem Fernsehturm und *Unter den Linden*, sie erzählte auch von dem seltsamen Vorkommnis am Wasserfall, von Robins mysteriöser Angst vor Applaus, von seiner vergessenen Kindheit, von seinem verunglückten Vater und davon, dass er seit seiner Teenie-Zeit keinen Kontakt mehr zu seiner Mutter gehabt hatte.

„Das ist alles schon sehr eigenartig", kommentierte Jackie. „Und wie erklärst du dir seinen Sinneswandel in puncto Knutschen?"

„Er meinte, er wäre selbst überrascht. Er sagte, er könnte mit mir reden wie mit keiner anderen und hätte sich noch nie so geöffnet."

„Und glaubst du ihm das? Oder ist das eine Masche?"

„Natürlich glaube ich das!", beeilte sich Lina klarzustellen. „Er kam absolut echt und glaubwürdig rüber."

„Tja... da hast du dir ja ein wirklich ausgefallenes Exemplar eingefangen."

„Ich weiß...!", ächzte Lina.

Jackie schien nachzudenken und sagte dann:

„Irgendwie haben seine Angstzustände immer mit Wasser zu tun, oder? Ich meine: Wasser*hahn*, Wasser*fall*."

„Ja, stimmt. Aber wie passt das mit dem Applaus dazu?"

„Gute Frage."

Jackie überlegte und sagte:

„Mir kommt da gerade so ein Gedanke. Kennst du das? Wenn man ein klatschendes Publikum hört und die Augen zumacht, dann klingt das wie Regen."

„Stimmt, davon habe ich auch mal gehört."

„Vielleicht erinnert ihn Applaus an rauschendes Wasser."

„Möglicherweise."

„Siehst du? Alles passt zusammen!"

„Du hast Recht. Das könnte sein. Aber wie?"

„Du meintest, sein Vater wäre bei einem Unfall ums Leben gekommen, richtig?"

„Ja."

„Könnte es da einen Zusammenhang mit Wasser geben?"

„Schon möglich... aber welchen?"

„Vielleicht ist sein Vater mit seinem Auto in einen Fluss gestürzt oder so."

„Könnte sein. Aber ich schätze, so werden wir das nicht herausfinden. Das ist alles reine Spekulation."

„Stimmt. Macht trotzdem Spaß, ein bisschen Detektiv zu spielen."

Lina nickte.

„Vielleicht solltest du mal versuchen, das mit ihm *zusammen* rauszukriegen."

„Das wird schwierig. Er will darüber nicht reden."

„Und eine Therapie will er auch nicht machen."

„Nein..." Lina schwieg betrübt und setzte hinzu: „Das alles ist irgendwie so verkorkst, und ich habe echt die Befürchtung, dass es in eine ganz blöde Richtung gehen könnte."

Jackie sah sie mitfühlend an und erwiderte:
„Okay, aber seien wir mal realistisch. Würdest du es überhaupt fertigbringen, jetzt noch die Notbremse zu ziehen?"
Lina schüttelte den Kopf. Jackie nahm ihre Hand und sagte:
„Ich wünsch dir auf jeden Fall, dass es gut läuft. Und du weißt ja: Wenn was schiefgeht, dann bin ich für dich da."
„Danke!"
„Wann seht ihr euch wieder?"
„Samstagabend. Er hat die Woche über Spätdienst, und da haben wir keine Chance, uns zu sehen."
„Und wann lerne *ich* ihn mal kennen?"
„Ich kann ihm ja am Samstag mal den Vorschlag machen, dass wir uns zusammen treffen."
„Ja, mach das!"
„Okay."
„Oh Mann! Ich bin echt gespannt, wie das mit euch beiden weitergeht."
„Ich auch."

Lina war ziemlich nervös, als sie sich am folgenden Samstagnachmittag fertig machte für das Treffen mit Robin. Sie hatten sich in seiner Wohnung verabredet zum gemeinsamen Kochen und anschließenden Musik machen. Und es war ziemlich klar, worauf das hinauslaufen würde. Sie hatte viel gegrübelt, wie vernünftig oder sinnvoll es war, sich näher mit Robin einzulassen, aber letztlich war sie zu dem Schluss gekommen, dass sie gegen ihre Gefühle ohnehin nicht viel ausrichten konnte, und dass es bei einem Mann Schlimmeres gab als Ängste und eine Zwangsstörung. Schließlich gab es Frauen, deren Männer sie schlugen, zu viel Alkohol tranken oder Drogen nahmen, und im Vergleich dazu war Robin nun wirklich harmlos.

Sie warf noch einen letzten Blick in den Spiegel und fand, dass sie vorzeigbar aussah: Jeans, weiße Bluse, dezentes Makeup. Sie nahm ihren Gitarrenkoffer nebst Zubehör, verließ ihre Wohnung, stieg die Treppen hinauf und klingelte bei Robin. Er empfing sie mit einem strahlenden Lächeln und einem innigen Kuss. Wie beim letzten Mal hatte auch er sich ein bisschen herausgeputzt: Schwarze Jeans, schwarzes Hemd, und er duftete angenehm frisch. Am liebsten hätte sie sich direkt auf ihn gestürzt.

„Wollen wir gleich loslegen?, fragte er.

Einen Moment lang überlegte sie, ob er das meinte, woran sie gerade dachte. Das schien er zu bemerken, denn er grinste und sagte:

„Ich rede vom Kochen."

„Schon klar", lachte sie verlegen.

Sie gingen rüber. Robin hatte schon Einiges vorbereitet. Auf der Küchenarbeitsfläche standen Schüsseln mit geschnittenem Gemüse, gehackten Zwiebeln und Kräutern, diverse Gewürzgläser, und es hing ein angenehm würziger Duft im Raum.

„Was gibt es Schönes?"

„Schweinefilet mediterran mit Rosmarinkartoffeln."

„Klingt toll! Es riecht auch schon phantastisch!"

„Ich hoffe, es schmeckt auch so."

„Und? Wie war deine Woche?", wollte Lina wissen.

„Frag nicht. Ein Drama nach dem anderen."

„Oh, was denn? Erzähl!"

Während er den Herd anmachte und Öl in eine Pfanne goss, sagte er:

„Ich erspare dir die Details. Ich will dir ja nicht ausgerechnet beim Kochen den Appetit verderben. Jedenfalls waren das fünf Tage Dauerstress. Aber ich will nicht rumquengeln."

„Schon okay."

„Und bei dir?", fragte er, während die Zwiebeln und das Gemüse duftend in der Pfanne brutzelten.

Lina erzählte von ihrem Projekt, und dass das Ganze kniffliger war, als sie gedacht hatte.

„Aber es macht wirklich Spaß", fügte sie hinzu, „mein Chef ist sehr cool und geduldig."

„Das ist schon mal gut."

„Ja. Und ich bin echt gespannt, wie die Präsentation mit dem Auftraggeber laufen wird."

„Wann ist die?"

„In gut drei Wochen."

„Ich drück dir die Daumen!"

Inzwischen war das Essen fertig, und sie wechselten ins Wohnzimmer, wo Robin den Essbereich eingerichtet hatte.

„Schmeckt großartig!", lobte Lina, nachdem sie probiert hatte.

„Danke!"

„Ein Mann, der kochen kann. Was will frau mehr?"

Eine Weile lang tauschten sie sich über ihre Lieblingsgerichte aus und sprachen dann darüber, welche Songs sie später spielen könnten.

Nach dem Essen packten sie ihre Instrumente aus und begannen zu spielen. Wie beim letzten Mal stimmte das Zusammenspiel, ihre Songs klangen ausdrucksvoll, harmonisch und leidenschaftlich und gingen Lina unsagbar unter die Haut. Sie spürte eine schwer zu beschreibende Verbundenheit mit ihm – und zugleich ein vibrierendes erotisches Prickeln.

Robin ging es offensichtlich genauso, denn er schaute beim Spielen häufig zu ihr rüber – mit einem ganz gewissen Blick. Nachdem sie das dritte Stück beendet hatten, sagte er:

„Wahnsinn!"

Mit entrücktem Blick sah er sie an, dann stellte er das Cello beiseite, kam zu ihr rüber und küsste sie. Dieses Gefühl von Verbundenheit, das beim Musizieren entstanden war, ging über in einen lustvollen Rausch der Sinne. Während ihre Küsse immer heißer und leidenschaftlicher wurden, versuchte sie, irgendwie ihre Gitarre loszuwerden, packte sie beiseite, und schließlich nahm Robin sie bei der Hand und führte sie dorthin, wo die Dschunke mit den roten Segeln durch die Abendsonne glitt...

8

Als sie am folgenden Morgen frühstückten, war Lina aufgekratzt und unternehmungslustig.

„Lass uns was Verrücktes machen!", sagte sie.
„Woran denkst du?"
„Lass uns ans Meer fahren!"
„Keine Chance."
„Warum?"
„Strand geht gar nicht."
„Ach ja. Das heißt, du kannst nie irgendwo ans Wasser?"
„Doch. Stehende Gewässer sind okay. Wir könnten in den Spreewald fahren."
„Auch gut! Also los!"

Die Fahrt verbrachten sie mit Musikhören, gemeinsamem Singen und angeregten Gesprächen, und als sie schließlich um die Mittagszeit durch das pittoreske Örtchen Lübbenau flanierten, schien die Frühlingssonne warm auf sie herunter.

Einige Zeit später genossen sie in einem Bistro frische Räucherfischbrötchen und machten dann eine Kahnfahrt über die verzweigten Arme des Spreedelta mit seinem märchenhaft verwunschenen Urwald. Ihre Gespräche waren durchdrungen von einer unkomplizierten Leichtigkeit, und schon bald kam es Lina vor, als würden sie sich ewig kennen.

Allzu schnell verging dieser Tag, und da Robin am folgenden Morgen Frühschicht hatte, fuhren sie am frühen Abend zurück nach Berlin.

Als sie die Haustür aufschlossen, sagte Robin:
„Weißt du, wo es noch schöner ist als im Spreewald?"
„Wo denn?"

„An der Halongbucht!“ Dabei grinste er verschmitzt.

„Hmm…“, machte sie genießerisch, „da wäre ich jetzt auch gerne… mit dir.“

„Dann folge mir!“

Den nächsten Tag schwelgte Lina in euphorischen Erinnerungen an das vergangene Wochenende. Abends telefonierte sie mit Jackie berichtete ihr ausführlich von der neusten Entwicklung.

„Das klingt alles echt romantisch!“, sagte Jackie, „ich wünsche dir von Herzen, dass es so bleibt!“

„Danke!“, gab Lina zurück, doch war ihr nicht entgangen, dass da ein skeptischer Unterton mitgeklungen hatte. Entsprechend war Lina leicht verstimmt, als sie sich verabschiedeten. Sie wollte sich ihr Glück nicht vermiesen lassen.

Doch dieses Glück sollte nicht ungetrübt bleiben, denn an den folgenden Tagen antwortete Robin zunehmend zögerlich und kurz angebunden auf ihre Nachrichten. Kam ihr das nur so vor oder war er tatsächlich dabei, auf Distanz zu gehen? Von Tag zu Tag wurde sie unruhiger. Schließlich entschied sie, ihn darauf anzusprechen und versuchte, ihn persönlich ans Handy zu bekommen. Aber er ging nicht ans Telefon. Daher schrieb sie ihm eine Nachricht mit der Bitte, ihn zurückzurufen.

Sie wartete den ganzen Tag. Erst am späten Abend kam statt eines Anrufes eine Nachricht:

„Sorry, bin momentan sehr im Stress. Melde mich bald! Liebe Grüße!“

Sofort rief sie Jackie an.

„Ach, das muss doch nichts heißen", versuchte ihre Freundin sie zu beruhigen, nachdem Lina sie auf den neusten Stand gebracht hatte. „Vielleicht ist er wirklich einfach im Stress. Er hat schließlich einen harten Job."

„Ich weiß nicht... sein Verhalten ist so völlig anders als noch am Wochenende. Wir waren uns so nah – und auf einmal habe ich das Gefühl, dass er sich gar nicht mehr für mich interessiert."

„Verstehe ich. Ist ja nicht ausgeschlossen, dass er gerade auf irgendeinem komischen Trip ist. Trotzdem: Warte doch erstmal ab."

Nachdem sie aufgelegt hatten, versuchte Lina sich zu beruhigen und abzulenken, aber eine innere Stimme sagte ihr, dass etwas nicht in Ordnung war. Erst spät in der Nacht fand sie in den Schlaf, und als sie am nächsten Morgen erwachte, wartete eine böse Überraschung auf sie. Robin hatte geschrieben:

„Liebe Lina, sorry, aber dieses Wochenende können wir uns nicht sehen. Ich bin krank."

Sie antwortete sofort:

„Krank? Du Ärmster! Was hast du denn?"

„Habe mir wohl irgendein fieses Magen-Darm Virus eingefangen, und ich glaube, das wird sich noch ein paar Tage hinziehen."

„Oje! Kann ich irgendwas für dich tun? Brauchst du was?"

„Nein danke! Ich muss mich nur auskurieren. Mir gehts ziemlich elend."

„Na, dann gute Besserung!"

Zunächst war sie besorgt und hoffte, dass es ihm nicht allzu schlecht ging. Aber dann kam ihr ein anderer Gedanke: Was, wenn er gar nicht krank war? Vielleicht hatte er die Krankheit nur vorgeschoben als Vorwand, sich nicht mit ihr treffen zu müssen...

Im Moment blieb ihr nichts anderes übrig, als abzuwarten. Am frühen Samstag schließlich schrieb sie ihm wieder eine Nachricht und fragte, wie es ihm ging – und damit begann eine stundenlange Wartefolter, denn erst am Abend kam endlich seine Antwort:

„Liebe Lina, sei mir nicht böse, aber ich habe nachgedacht, und es ist besser, wenn wir uns nicht mehr sehen. Ich wünsche dir alles Gute."

9

Sie erstarrte, und im nächsten Moment kamen ihr die Tränen. Natürlich war ihr klar gewesen, dass Robin nicht so einfach zu handhaben war. Aber dass es so kommen würde – und so plötzlich – das hatte sie nicht vorhergesehen. Schluchzend las sie die Nachricht wieder und wieder.

Als ihre Tränen schließlich getrocknet waren, rief sie Jackie an und erzählte, was passiert war.

„Weißt du was?", erwiderte Jackie, „ich habe heute Zeit. Wenn du magst, können wir zusammen was unternehmen. Was meinst du?"

„Okay..."

Am frühen Nachmittag trafen sie sich im Tiergarten unweit der Siegessäule. Es war ein sonniger Nachmittag, und wie so oft in der letzten Zeit war es auch heute angenehm warm für einen Tag im März. An der Straße des 17. Juni betraten sie die grüne Lunge der Berliner Innenstadt, spazierten eine Weile lang durch den zaghaft sprießenden Wald, bis sie auf den Faulen See stießen, ein künstliches Gewässer, das sich in zahlreichen Verästelungen durch den Tiergarten zog. Während sie seinem Lauf folgten, sagte Lina:

„Ich weiß nicht, was ich jetzt machen soll. Ich kann doch nicht so tun, als wäre nie was passiert..."

„Hast du ihm schon auf seine Nachricht geantwortet?"

„Nein bisher noch nicht."

„Gut so. Also, wenn du mich fragst: Ich würde noch ein bisschen Zeit vergehen lassen und dann noch mal versuchen mit ihm persönlich zu reden. Wahrscheinlich hat er sich in irgendwas Merkwürdiges reingesteigert, und vielleicht gelingt es dir, ihn mit ein paar vernünftigen Worten wieder auf den Boden zurückzuholen."

„Ja, das habe ich auch schon gedacht."

„Aber ich würde damit noch ein paar Tage warten. Erstmal würde ich gar nicht auf seine Nachricht reagieren. Wenn er jetzt das Gefühl bekommt, dass du ihm sofort hinterherrennst, wird ihn das vermutlich noch mehr abschrecken."

„Ich schätze, du hast Recht."

Die beiden setzten ihren Spaziergang fort, und Jackie bemühte sich darum, das Gespräch auf andere Themen zu lenken und Lina aufzuheitern. Abends aßen sie noch gemeinsam bei ihrem Lieblingsitaliener, bis sie sich am späten Abend verabschiedeten.

Drei Tage ließ Lina vergehen, bis sie Robin eine Nachricht schickte:

„Lieber Robin, deine Nachricht hat mich sehr überrascht und traurig gemacht. Was immer in den letzten Tagen passiert ist, und was immer in dir vorgehen mag: Ich respektiere deine Entscheidung natürlich. Aber es wäre schön, wenn wir noch einmal persönlich darüber reden könnten. Würdest du mir diesen kleinen Gefallen tun?"

Lina wartete fast drei Stunden, bis seine Antwort kam:

„Hallo Lina, wenn du magst, komm rauf. Bin da."

Sie schluckte. Dann nahm sie Haltung an, checkte vor dem Spiegel, ob sie okay aussah, dann ging sie rauf und klingelt an seiner Tür. Es dauerte nicht lange, bis er öffnete. Sie begrüßten sich spröde, dann bat er sie ins Wohnzimmer. Sie nahmen auf dem Sofa Platz, und zunächst herrschte peinliches Schweigen. Schließlich war es Lina, die das Gespräch begann:

„Weißt du... Unsere letzten Treffen waren unglaublich schön, und ich hatte das Gefühl, dass eine ganz besondere Verbindung zwischen uns entstanden ist."

Sie machte eine Pause, überlegte, was sie weiter sagen sollte, und fuhr fort:

„Ich finde es wahnsinnig traurig, dass du das jetzt beenden willst, obwohl gar nichts Schlimmes zwischen uns vorgefallen ist. Und ich verstehe es auch nicht. Kannst du mir irgendwie erklären, was in den letzten Tagen in dir vorgegangen ist?"

Robin räusperte sich. Dann entgegnete er:

„Ich schätze, du würdest es eh nicht wirklich verstehen."

„Aber findest du nicht auch, dass das mit uns etwas Besonderes ist? Oder war? Ich dachte, es wäre auch bei dir so. Oder habe ich einen falschen Eindruck bekommen?"

„Nein. Mir ging es genauso. Und genau das ist das Problem."

„Verstehe ich nicht."

Er suchte nach Worten und sagte schließlich:

„Es gab da mal eine Frau, für die hatte ich starke Gefühle entwickelt, in ziemlich kurzer Zeit – genau wie jetzt mit dir."

„Okay...?"

„Ich will jetzt nicht darauf eingehen, was damals passiert ist", fuhr er fort, „aber das Ende vom Lied war, dass die Trennung extrem schmerzhaft für mich war und ich sehr, sehr lange Zeit brauchte, um darüber hinweg zu kommen. Ich möchte einfach nicht, dass mir so etwas noch einmal passiert."

„Aber was ist denn damals vorgefallen? Vielleicht gibt es ja gar keinen Grund anzunehmen, dass mit mir dasselbe passieren könnte."

„Tut mir leid, aber ich habe keine Lust, darüber zu reden. Das mit dir wird mir zu gefährlich, und da steige ich lieber aus, bevor es noch viel schlimmer und noch viel schmerzhafter wird. Bitte versteh das."

„Aber wenn dir das alles so klar ist, warum hast du es dann überhaupt erst so weit kommen lassen mit mir? Du hast mich ins offene Messer laufen lassen!“

„Also, erstens habe ich dich vorgewarnt.“

„Ja, vielen Dank“, sagte sie sarkastisch.

„Und zweitens habe ich eine Zeitlang wirklich das Gefühl gehabt, dass es mit dir anders sein könnte. Ich habe mich dir sehr nah gefühlt, und ich dachte, ich kann es mit dir wagen, mich doch noch mal auf was Ernstes einzulassen.“

„Ja, das kannst du auch!“

„Aber in der letzten Woche bin ich eben wieder in Panik geraten. Und ich bin mir inzwischen sicher, dass das mit uns auch wieder übel enden wird. Also steige ich lieber jetzt aus, wo es noch nicht ganz so schmerzhaft ist.“

„Wie kannst du dir so sicher sein, dass es übel enden wird?! Dafür gibt es doch überhaupt gar keinen Grund.“

„Ich spüre es einfach. Nenn es Intuition.“

„Nein. Ich nenne es *Beziehungsangst*.“

„Okay, dann nenne es eben so, wie du willst.“

Lina dachte nach, dann sagte sie:

„Willst du denn wirklich jedes Mal, wenn du Gefühle für eine Frau entwickelst, der Sache sofort ein Ende machen? Bloß weil du Angst hast, dass es irgendwann weh tun könnte?“

Sie sah ihn erwartungsvoll an, aber er wich ihrem Blick aus.

„Wenn du so weitermachst“, fuhr sie fort, „dann wirst du nie in deinem Leben echte Liebe erleben. Du wirst immer einsam bleiben. Ist es wirklich das, was du willst?“

„Was ich *will*, spielt gar keine Rolle. Die Frage ist: Was kann ich *ertragen*?“ Er sah sie an und schloss: „Für mich ist es besser so, glaubs mir!“

Lina wollte widersprechen und begann:

„Aber -“

Doch Robin unterbrach sie:

„Bitte lass uns jetzt nicht mehr diskutieren. Es ist für mich schwer genug. Lass uns jetzt aufhören.“

Er stand auf und machte ihr mit einem durchdringenden Blick klar, dass es für sie Zeit war zu gehen.

„Robin! Ich -“ Sie konnte nicht weitersprechen, weil sie zu schluchzen begann.

„Es tut mir wirklich leid. Ich wünsche dir alles Gute!“

10

„Oh, Süße, das tut mir so leid!“, sagte Jackie. Sie war sofort, nachdem Lina ihr von dem Gespräch mit Robin erzählt hatte, zu ihr gefahren, und nun saßen sie zusammen auf Linas Sofa.

„Ich frage mich wirklich, woher diese krasse Verlustangst bei ihm kommt“, sagte Jackie. „Was hat er als Kind erlebt?“

„Ich fürchte, das werden wir niemals erfahren...“

Jackie schaute nachdenklich ins Leere und sagte nach einer Weile:

„Ich schätze, ich kann das ganz gut nachempfinden, was mit ihm los ist."

Lina blickte zu ihr auf:

„Was? Inwiefern?"

„Denk mal an die Sache mit Mark damals. Und wie mich das fertig gemacht hat."

Mark war nach Jackies Abitur ihre erste große Liebe gewesen. Eines Tages hatte sie ihn erwischt, wie er mit einer anderen rumgemacht hatte, und danach war sie am Boden zerstört gewesen. Fast ein Jahr lang war sie depressiv. Seitdem hatte sie sich nicht mehr auf eine ernsthafte Beziehung eingelassen. Und nur bedeutungslose Affären gehabt.

„Ja, das war wirklich schlimm. Du hast mir echt leidgetan, und ich wusste nicht, was ich machen sollte."

„Damals habe ich eins gelernt: Männer sind Schweine. Und deswegen erlaube ich niemandem mehr, mich so zu verletzen."

„Ich weiß."

„Was ich damit sagen will: Anscheinend hat Robin irgendwas Ähnliches mit seiner Ex erlebt. Und jetzt lässt er sich eben nicht mehr ein auf große Gefühle."

„Ich finde das ganz schön traurig."

Jackie sagte nichts dazu.

„Also heißt das", fragte Lina, „dass du dich auch nie mehr auf eine feste Beziehung einlassen willst? Auch nicht irgendwann mal in der Zukunft?"

„Warum sollte ich? Mir geht es gut so."

„Das kann ich nicht verstehen. Eine gute feste Beziehung ist doch das Beste, was einem passieren kann."

„Wenn man daran glaubt... Ich tu es jedenfalls nicht mehr. Meine Eltern haben es mir vorgelebt. Ihre Ehe war eine Katastrophe. Du weißt ja, die haben sich getrennt, als ich 14 war."

Jackie hatte ihr mal erzählt, dass ihre Eltern einen schlimmen Rosenkrieg geführt hatten mit Alkohol, Gewalt und viel Streitereien.

„Ja, das muss hart gewesen sein für dich", gab Lina zurück.

„War es auch."

„Vielleicht hat dich die Sache mit Mark ja deswegen so getroffen, weil es alte Wunden aus dem Ehekrieg deiner Eltern aufgerissen hat."

„Könnte schon sein."

„Hast du eigentlich mal darüber nachgedacht, eine Therapie deswegen zu machen?"

„Ach was. Ich habe mich selbst therapiert. Ich halte nicht so viel davon, seine Eltern ein Leben lang an den Haaren hinter sich her zu schleifen und sie für alles verantwortlich zu machen, was im eigenen Leben schief läuft."

Lina zuckte mit den Schultern.

„Aber jetzt lass uns lieber über dich reden. Das Wichtigste, was du jetzt brauchst, ist Ablenkung. Wenn du willst, können wir in den nächsten Tagen abends was unternehmen, okay? Wir lassen es ein bisschen krachen, haben Spaß, und du wirst sehen, du hast Robin ruckzuck wieder vergessen."

„Ich hoffe..."

In den folgenden Tagen versuchte Lina, Jackies Rat zu befolgen und sich auf alle mögliche Arten abzulenken. Bei der Arbeit galt es, das Projekt fertigzustellen, und das hielt ihren Kopf beschäftigt.

Der Entwurf eines Einfamilienhauses, an dem sie arbeitete, war in jeder Hinsicht außergewöhnlich und brachte eine ganze Reihe von Herausforderungen und Tücken mit sich. Die Kunden, ein gut betuchtes Ehepaar mit zwei Kindern, hatten ihr viel Spielraum im Budget gelassen – und freie Bahn, was das Kreative anging. Der einzige Anhaltspunkt, den sie ihr gegeben hatten war, dass alle vier leidenschaftlich gerne kochten und dass das ein wichtiger Teil des Familienlebens war.

Das hatte Lina zum Ausgangspunkt für ihre Idee gemacht, und eine geräumige Küche ins Zentrum des gesamten Hauses gestellt. Und das im wörtlichen Sinn: Sämtliche Räume waren um die zentrale Küche herum gruppiert. Um das Problem der Tageslichtversorgung zu lösen, hatte sie sich für eine Glasbedachung über der Küche entschieden, wie in einem Lichthof. Außerdem musste sie ein effizientes und zugleich klimaschonendes Belüftungssystem einplanen.

Die Idee war ausgesprochen unkonventionell, aber je länger sie sich damit beschäftigte, umso besser gefiel ihr der Entwurf. Ihr Chef war zunächst skeptisch gewesen, hatte sie aber machen lassen, und nun war auch er angetan davon. Jetzt allerdings musste sie sich mit einer ganzen Reihe von bautechnischen Einzelheiten herumplagen, die der ungewöhnliche Entwurf mit sich brachte. Und das nahm sie ganz in Anspruch.

Abends nach Feierabend telefonierte sie viel mit Jackie, oder sie trafen sich abends zum Kino oder auf ein Getränk.

Zwei Wochen waren seit dem Gespräch mit Robin vergangen, als Jackie und sie wieder zusammen in der Beachbar saßen. Lina war schweigsam, und so sprach Jackie sie darauf an:

„Du denkst immer noch an Robin, oder?"

Lina nickte und sagte:

„Es würde mir nicht so verdammt schwer fallen, ihn loszulassen, wenn diese kurze Zeit mit ihm nicht so außergewöhnlich schön gewesen wäre. Ich hatte das Gefühl, dass wir zusammen gehören. Ich glaube nicht an Schicksal oder so, aber bei ihm kam es mir so vor, als ob wir füreinander bestimmt sind."

Jackie sah Lina nachdenklich an, dann sagte sie: „Normalerweise würde ich niemals auf die Idee kommen, jemandem so einen Rat zu geben. Du weißt ja, wie ich ticke. Aber vielleicht solltest du es nochmal versuchen."

„Ernsthaft?"

Jackie nickte.

„Und wie soll ich das anstellen? Eindeutiger hätte er sich ja gar nicht ausdrücken können."

„Ich sehe das so: Sein großes Problem ist ja offensichtlich seine Verlustangst. Er hat einen Horror davor, verlassen zu werden, betrogen zu werden oder dass seine Liebe enttäuscht wird."

„Ja, so sieht es aus."

„Ich kenne dich jetzt schon so lange, Lina, und ich kenne keine Frau, die treuer, loyaler und vertrauenswürdiger wäre als du. Und das sage ich nicht nur so, das meine ich wirklich!"

Lina war so gerührt, dass sie Jackie in den Arm nehmen musste.

„Danke", sagte sie.

„Ich bin überzeugt", fuhr Jackie fort, „wenn es irgendeine Frau gibt, auf die sich Robin einlassen könnte, ohne Angst haben zu müssen, dann bist eindeutig du das. Du musst es nur irgendwie schaffen ihm zu zeigen, dass du so bist, wie du bist."

„Hmm... Ich glaube, ein bisschen was davon hat er ja schon bemerkt, deswegen hat er sich ja überhaupt auf mich eingelassen. Das hat er in etwa ja auch so gesagt. Ich fürchte, das Problem ist eher, dass sein Vertrauen nicht lange anhält. Er wird immer wieder von seinen Ängsten eingeholt."

Jackie dachte nach und sagte:

„Ich schätze, wir beide sind uns einig, dass seine Verlustangst irgendwas zu tun hat mit seiner mysteriösen Kindheit. Genau wie diese anderen Ängste. Ich denke also, dass der Weg zu seinem Herzen darüber führt, dass er sich noch einmal mit seiner Kindheit beschäftigt. Vielleicht muss er wirklich endlich mal herausfinden, was damals vorgefallen ist. Einfach, damit er es verarbeiten und hinter sich lassen kann."

„Ja, das glaube ich ja auch. Ich fürchte nur, er wird sich darauf nicht einlassen."

„Aber du könntest es noch einmal versuchen. Schreib ihm doch einen Brief, und biete ihm an, ihn dabei zu unterstützen."

Lina überlegte.

„Du hast Recht", sagte sie schließlich, „warum nicht? Was habe ich zu verlieren?"

„Ich drück' dir die Daumen!"

Noch am selben Abend setzte sie sich an ihren Schreibtisch und überlegte, was sie schreiben sollte. Nachdem sie lang hin und her überlegt und mehrere Anläufe verworfen hatte, schrieb sie schließlich:

„Lieber Robin, bitte sei mir nicht böse, dass ich mich doch noch mal bei dir melde. Du hast deutlich gesagt, dass du keine Beziehung mit mir willst, und wie ich dir schon gesagt habe, respektiere ich das.

Trotzdem schreibe ich dir nochmal, weil ich denke: Vielleicht geht es dir ja wie mir, und du bedauerst, dass das mit uns zu Ende gegangen ist. Schließlich hatten wir eine tolle Zeit zusammen.

Ich könnte mir vorstellen, dass du unzufrieden damit bist, wie deine Ängste dich einschränken und dir das Leben schwer machen. Und vielleicht ist diese Geschichte mit uns ja für dich ein guter Anlass, noch einmal darüber nachzudenken, ob du nicht etwas dagegen tun willst. Vielleicht ist das jetzt eine große Chance für dich, dein Leben zum Besseren zu wenden.

Ich bewundere sehr, was du alles geschafft hast, und du kannst enorm stolz auf dich sein. Allerdings mache ich mir Sorgen, dass es dir irgendwann auf die

Füße fallen könnte, wenn du deine eigentlichen Probleme so konsequent ausblendest.

Ich bin davon überzeugt, dass du es schaffen kannst, diesen großen Knoten in deinem Inneren aufzulösen, und ich glaube fest daran, dass es dir dann viel besser gehen wird als jetzt.

Ich möchte dir anbieten, dich dabei zu unterstützen. Ich möchte gerne da sein für dich, wenn du mich brauchst, und dir auf jede Art helfen, diese schwierige Auseinandersetzung zu führen. Als deine Partnerin oder einfach als deine Freundin, ganz so, wie du es willst.

Denk mal drüber nach. Und wenn du dafür bereit bist, dann gib mir ein Zeichen.“

Sie faltete die beiden Blätter, die sie beschrieben hatte, steckte sie in einen Umschlag, und dann ging sie hinunter zu Robins Wohnung und schob den Brief unten durch den Türschlitz.

Lina stellte sich innerlich darauf ein, dass sie keine Antwort bekommen würde, und ermahnte sich, keine allzu großen Hoffnungen daran zu knüpfen.

Immerhin hielt die Arbeit sie beschäftigt. Drei Tage vor der Präsentation ihres Entwurfs gab es noch eine ganze Reihe ungelöste Probleme. Die Auftraggeber würden ins Büro kommen, und es war ihre Aufgabe, sie von dem Entwurf zu überzeugen. Es war ihre Feuerprobe. Und das allein hätte sie schon extrem nervös gemacht. Aber nun kam hinzu, dass es ihr schwer fiel, sich zu konzentrieren. Lina hatte das Gefühl, weit über ihre Belastungsgrenze hinaus funktionieren zu müssen, wie ein Motor, der in einem zu niedrigen Gang lief.

Es war wie verhext: Immer wenn sie das eine Problem gelöst hatte, zog das mindestens ein neues Problem nach sich, und die Uhr tickte. Offenbar merkte Alex, ihr Chef, dass sie kurz vorm Verzweifeln war und sprach sie darauf an. Sie sagte ihm, dass sie alles unter Kontrolle hätte, dass sie aber das Gefühl hatte, ihr würde die Zeit davonlaufen.

„Warum hast du mich nicht längst mal um Hilfe gebeten?", sagte er. „Niemand erwartet von dir, dass du alles im Alleingang perfekt hinbekommst!"

Daraufhin setzte er sich zu ihr, ließ sich ihre Problembaustellen erläutern, und gemeinsam fanden sie dafür gute Lösungen. Lina atmete auf.

„Danke, du hast mir echt geholfen!", sagte sie.

„Habe ich gerne gemacht! Und toller Entwurf. Gute Arbeit! Aber das nächste Mal fragst du mich bitte früher um Hilfe, okay?"

Sie nickte dankbar.

Schließlich kam der Tag der Präsentation. Dafür nutzte das Büro eine spezielle VR-Technologie, mit der Kunden mithilfe einer VR-Brille einen virtuellen Rundgang durch das geplante Objekt machen konnte. Nachdem sie zusammen mit Alex die vierköpfige Familie begrüßt hatte, konnten die Auftraggeber es nicht mehr abwarten, ihren Entwurf zu sehen. Nacheinander setzten sie die Brille auf – und alle waren begeistert. Die Präsentation wurde ein voller Erfolg. Im Anschluss daran wurde mit Champagner angestoßen (für die Kinder gab es Orangensaft), und als die Kunden sich schließlich verabschiedet hatten, sagte Alex:

„Danke dir für deine tolle Arbeit! Ich bin froh, dass ich dich für unser Team gewinnen konnte!"

„Und ich bin froh, dass ich dabei sein darf!"

Als Lina abends erleichtert und ein bisschen angeschwipst auf ihrem Sofa saß und eine Serie schaute, vibrierte ihr Handy. Sie nahm es hoch, und ein freudiger Schreck durchzuckte sie. Es war eine Nachricht von Robin:

„Magst du mal rauf kommen?"

11

Lina atmete ein paarmal tief durch, bevor sie antwortete:

„Jetzt?"

Seine Antwort kam prompt:

„Gerne."

Als er ihr die Tür öffnete, bekam sie den nächsten Schrecken, und keinen freudigen: Robin sah arg mitgenommen aus, so als hätte er tagelang nicht geschlafen.

„Hereinspaziert!", sagte er mit aufgesetzter Lockerheit.

Sie gingen ins Wohnzimmer und setzten sich aufs Sofa.

„Wie geht's dir?", fragte sie besorgt.

„Geht so. Und selbst?"

„Geht so."

Er lächelte matt, dann fragte er:
„Also, was genau willst du?"
„Ich möchte dir meine Unterstützung anbieten."
Er nickte und sah sie fragend an. Daher sprach sie weiter:
„Ich schätze, ich lag richtig mit meiner Vermutung, dass du nicht gerade glücklich bist, oder?"
„Sehe ich glücklich aus?"
„Nicht wirklich."
„Also."
„Okay... im Brief habe ich ja geschrieben, dass das jetzt vielleicht eine Chance für dich sein könnte, etwas zu verändern. Was denkst du darüber?"
„Keine Ahnung... ich weiß überhaupt nicht mehr, was ich denken soll."
„Glaubst du denn auch, dass bei dir was im Argen liegt und dass du was dagegen unternehmen solltest?"
Er zuckte resigniert mit den Schultern.
„Okay. Also, mein Angebot gilt. Ich gebe dir jede Unterstützung, die du dafür brauchst."
Er nickte, zögerte einen Augenblick lang und fragte:
„Warum tust du das für mich? Ich habe dich nicht gerade gut behandelt."
„Weil ich dich eben ins Herz geschlossen habe. Ich möchte, dass es dir gut geht. Ich möchte für dich da sein."
Er sah sie verwundert an, und für einen Moment kam es ihr so vor, als wären seine Augen feucht geworden. Eine Weile lang schwiegen sie, bis Lina sagte:
„Und? Willst du das Angebot annehmen?"

„Unter bestimmten Voraussetzungen kann ich mir das vorstellen."
„Und zwar?"
„Wir sind einfach nur Freunde. Ganz platonisch. Keine Berührungen und auf gar keinen Fall Sex."
Lina brauchte einen Moment, um diese Ansage verarbeiten. Dann sagte sie:
„Okay, klar!" - auch wenn ihr die Idee nicht sonderlich gefiel.
„Und das mit dem Musikmachen lassen wir lieber auch bleiben. Das ist mir nämlich zu emotional."
Diese Idee gefiel ihr mindestens genauso wenig. Aber sie sagte:
„Du hast Recht. Zu heikel."
„Absolut."
„Ja."
„Und was genau hast du dir vorgestellt?", fragte Robin, „wie willst du das Chaos in meinem Kopf bändigen?"
„Du könntest eine Therapie anfangen."
Er stöhnte und sagte:
„Nein danke. Ich halte nicht viel von Therapeuten."
„Warum nicht?"
„Weil das alles Quacksalber sind."
„Aber das kannst du so pauschal gar nicht sagen."
„Keine Therapie! Okay?"
„Okay...", entgegnete Lina enttäuscht.
„Andere Ideen?"
„Was hältst du davon, noch einmal mit deiner Mutter zu sprechen?"

„Davon halte ich gar nicht besonders viel. Es gibt gute Gründe, warum ich keinen Kontakt mehr mit ihr habe."

„Okay... ich fasse mal zusammen: Du willst keine Therapie machen, und du willst auch nicht mit deiner Mutter sprechen... wie hast du es dir denn dann vorgestellt?"

„Na, ich dachte, *du* hättest ein paar Ideen."

Jetzt musste Lina lachen, aber sie verkniff es sich. Stattdessen sagte sie:

„So kommen wir nicht weiter. Du musst dich schon auf die eine oder andere Herangehensweise einlassen, sonst wird das nichts."

Er zuckte mit den Schultern.

„Okay", sagte sie. „Ich versuche es nochmal. Ich denke wirklich, dass es gut wäre, wenn du über deinen Schatten springst und dich auf ein Treffen mit deiner Mutter einlässt. Es ist viel Zeit vergangen, und vielleicht seid ihr inzwischen bereit für ein klärendes Gespräch – also, was eure Streitigkeiten betrifft."

Robin schien darüber nachzudenken.

„Und wenn ihr es schafft, euch zu versöhnen, dann hast du die Chance, mit ihr über deine Kindheit zu reden. Vielleicht erfährst du dann, was genau es ist, was du verdrängt hast, und kannst es verarbeiten. Du könntest mit deiner Mutter auch *darüber* ein klärendes Gespräch führen. Und vielleicht findest du auf diese Art Frieden."

Robin überlegte und sagte schließlich:

„Ich weiß nicht... wir haben in all den Jahren, wo wir noch zusammengelebt haben, nie über meine frühe Kindheit gesprochen. Und dafür wird sie ihre Gründe gehabt haben. Ich bezweifle, dass sie es jetzt tun wird."

„Du könntest es auf einen Versuch ankommen lassen."

Er stöhnte und starrte vor sich hin. Schließlich sagte er:

„Okay. Nehmen wir an, ich würde mich auf eine Begegnung einlassen. Bloß... so einfach ist das leider nicht. Ich habe nämlich nicht die geringste Ahnung, wo sie lebt."

„Dann müssen wir eben nach ihr suchen!"

„Und wie willst du das anstellen?"

„Na, da gibt es doch diese Sache, von der immer alle reden. Wie heißt das noch? Ach ja, das Internet."

„Sehr witzig!"

„Wir könnten sie einfach mal googeln."

„An sich eine gute Idee, nur... meine Mutter heißt Anja Fischer."

„Oh...", machte Lina.

„Davon gibt es wahrscheinlich Zigtausende in Deutschland.

Lina dachte kurz nach und sagte:

„Egal! Wir versuchen es trotzdem! Vielleicht haben wir ja Glück. Wo ist dein Computer?"

Robin lachte mit einem Anflug von Sarkasmus und sagte:

„Okay, ich hole ihn."

Er stand auf, ging ins Schlafzimmer und kam dann mit seinem Laptop zurück, setzte sich, packte das Gerät auf seinen Schoß und klappte es auf.

„Also dann!", sagte er, als der Rechner hochgefahren war.

Sie versuchten es mit Google, Facebook und diversen anderen sozialen Netzwerken, aber es kam, wie es absehbar gewesen war: Sie fanden Tausende Fischer-Anjas, aber die richtige war nicht dabei.

Robin klappte den Laptop wieder zu.

„Soviel dazu!", sagte er mit einem Ton, der Lina nicht gefiel. Sie sah ihn missmutig an und sagte:

„Also, wenn du möchtest, dass ich dir helfe, dann wäre es schön, wenn du mich nicht ganz so von oben herab behandeln würdest."

Er hob die Augenbrauen und sagte:

„Es war ja nicht meine Idee, das Ganze."

Einen Moment lang sahen sie sich angriffslustig in die Augen, bis Lina aufstand und sagte:

„Du hast Recht. Vielleicht war das alles gar nicht so eine gute Idee..."

Als sie sich zum Gehen wandte, stand auch er auf und erwiderte:

„Sorry, mein Fehler. Diese Sache ist für mich ein bisschen schwierig, und ich habe mich im Ton vergriffen. Es tut mir leid."

„Ich kann verstehen, dass dich das belastet. Aber lass es bitte nicht an mir aus!"

„Okay, kommt nicht wieder vor!"

Sie sah ihn einen Moment lang an, und da er ehrlich reumütig wirkte, setzte sie sich wieder. Er folgte ihrem Beispiel.

„Also", sagte sie, „lass uns überlegen, was wir noch tun können."

„Ja."

„Gibt es irgendwelche Freunde oder Verwandte, die wissen könnten, wo deine Mutter ist?"

„Nein. Wir hatten sonst keine Verwandten. Und von Freunden weiß ich nichts."

„Hmm... nicht mal entfernte Bekannte oder so?"

Robin schüttelte den Kopf.

Die zwei schwiegen ratlos, bis er sich plötzlich aufrecht setzte und hervorstieß:

„Warte mal! Doch! Es gibt da jemanden! Eine alte Freundin meiner Mutter!"

„Okay!", erwiderte Lina freudig. „Und? Wie heißt sie?"

„Warte, ich komme bestimmt gleich drauf. Der Name war irgendwie lustig."

„Okay. Denk nach!"

Plötzlich fing Robin an zu lachen.

„Was ist?"

„Ich weiß wieder, wie sie hieß!"

„Und?"

„Sabine Wiedemann-Wirsing."

„Ernsthaft?"

„Ja!", entgegnete Robin, während er seinen Laptop wieder auf den Schoß packte und startete. Er tippte auf der Tastatur herum, und rief schließlich aus:

„Bingo! Da ist sie! Bei Facebook!"

Auf ihrem Profil sahen sie Bilder einer ziemlich untersetzten, fröhlich wirkenden Frau um die fünfzig.

„Ich werd' bekloppt!", antwortete Lina. „Schick ihr eine Freundschaftsanfrage!"

So tat Robin, und schon weniger Augenblicke später kam ihre Bestätigung.

„Los! Schreib ihr!", sagte Lina aufgeregt.

„Okay..."

Einen Moment lang überlegte Robin, dann schrieb er:

„Liebe Sabine, ich weiß nicht, ob du dich an mich erinnerst. Ich bin der Sohn von Anja Fischer. Gerade habe ich an dich gedacht, und da habe ich direkt Kontakt aufgenommen. Ich habe nämlich ein oder zwei Fragen, und du könntest mir sehr helfen.

Ganz liebe Grüße, Robin."

Kurz darauf kam die Antwort:

„Mein lieber Robin! Meine Güte, ich hätte dich fast nicht erkannt! Was hast du für Fragen? Wollen wir einfach telefonieren?"

Sie hatte ihre Handynummer dazugeschrieben.

„Wahnsinn!", entfuhr es Lina, „jetzt kommt ja richtig was ins Rollen! Ruf sie an!"

„Moment... ich muss mich erstmal kurz sammeln."

Er dachte einen Moment lang nach, dann beratschlagten die beiden, was er am besten sagen sollte, schließlich rief er sie an.

„Hallo Robin! Das ist ja eine verrückte Überraschung! Ich freue mich sehr, von dir zu hören!"

„Ja, ich freue mich auch! Du, eine Frage mal eben: Ich sitze hier mit einer Freundin, und ich habe den Lautsprecher an. Ist das für dich okay?"

„Ja klar, gar kein Problem." Die beiden Frauen begrüßten sich, und Sabine fragte:

„Wie gehts dir denn, mein Lieber? Was hast du so getrieben in all den Jahren?"

Robin entgegnete, dass es ihm gut ging und erzählte kurz, wie sein Leben bis dato verlaufen war und dass er seit vielen Jahren keinen Kontakt mehr zu seiner Mutter hatte. Nachdem auch sie von sich erzählt hatte, sagte sie:

„Du hast geschrieben, dass du Fragen an mich hast. Was möchtest du wissen?"

„Naja", fing Robin an, „ich bin zur Zeit dabei, meine Vergangenheit aufzuarbeiten, oder besser gesagt: Ich fange gerade damit an. Ich habe nämlich meine komplette Kindheit vergessen bis ich ungefähr zehn war, und möchte gerne wissen, ob in dieser Zeit irgendetwas Spezielles passiert ist."

„Tja... alles, was ich darüber weiß, das weißt du ja wahrscheinlich auch selber: Dein Vater ist bei einem Autounfall ums Leben gekommen."

„Ja, das weiß ich natürlich. Aber ich habe irgendwie das Gefühl, dass da noch mehr sein muss."

„Hmm... ich würde dir gerne mehr dazu erzählen, aber ich habe deine Mutter ja erst kennengelernt, als du etwa acht oder neun warst. Und in dieser Zeit ist meines Wissens nichts Besonderes vorgefallen. Immerhin kann ich so viel sagen, dass deine Mutter psychisch ganz schön durch den Wind war. Ist ja auch kein Wunder nach dieser Sache mit deinem Vater."

Sie überlegte kurz und setzte dann hinzu:

„Mir ist immer aufgefallen, dass sie sich sehr bedeckt gehalten hat, was die Vergangenheit betraf. Es war klar, dass sie darüber nicht reden wollte."

„Ja, so habe ich das auch erlebt. Und je mehr ich darüber nachdenke, desto mehr habe ich das Gefühl, dass da irgendetwas totgeschwiegen wurde."

„Das kann gut sein, aber leider kann ich dir dazu auch keine weiteren Hinweise geben. Vielleicht solltest du mit deiner Mutter Kontakt aufnehmen und sie selbst fragen."

„Daran habe ich auch schon gedacht, aber ich weiß leider nicht einmal, wo sie jetzt lebt."

„Okay, was das betrifft, kann ich dir sogar helfen."

Robin warf Lina einen hoffnungsvollen Blick zu.

„Ich habe zwar auch seit ein paar Jahren keinen Kontakt mehr zu ihr, aber das Letzte, was ich weiß, ist dass sie nach Vietnam ausgewandert ist."

„Nach Vietnam?!", wiederholte Robin und warf Lina einen zutiefst verblüfften Blick zu.

„Ja. Vietnam. Sie hatte irgendwann mal erwähnt, dass sie eine besondere Beziehung zu diesem Land hatte, und einige Zeit, nachdem ihr euch zerstritten hattet, hatte sie entschieden, Berlin zu verlassen und nach Vietnam zu gehen."

„Ich werd' verrückt!", sagte Robin.

„Wenn du willst, gebe ich dir ihre Adresse und Telefonnummer!"

„Ja, bitte!"

Sabine nannte eine Adresse in Hanoi nebst Telefonnummer.

„Sabine, das ist wirklich großartig! Ich danke dir sehr dafür!"

„Wenn du mit ihr Kontakt aufnimmst, dann grüß Sie bitte herzlich von mir!"

„Das mache ich gerne."

Sie wünschten sich alles Gute und verabschiedeten sich.

„Vietnam!", platzte Lina heraus.

„Ja, verrückt, oder?"

„Bist du wirklich sicher, dass du noch nie da warst?"

„Ja, eigentlich schon. Also, zumindest habe ich daran nicht die blasseste Erinnerung. Und ich wusste auch nichts davon, dass meine Mutter eine besondere Beziehung zu Vietnam hatte. Jedenfalls hat sie es nie erwähnt, und ich kann mich auch nicht erinnern, irgendwelche Bilder oder Souvenirs aus Vietnam zu Hause gesehen zu haben."

„Und trotzdem hast du diese besondere Beziehung zur Halong-Bucht in Vietnam! Das kann doch kein Zufall sein!"

„Ja, das ist wirklich verrückt. Vielleicht gab es bei uns zu Hause ja doch irgendwelche Vietnam-Souvenirs, und ich kann mich bloß nicht dran erinnern."

„Möglich. Auf jeden Fall sieht es ganz danach aus, dass deine verschwundene Kindheit etwas mit Vietnam zu tun haben könnte."

„Ja, vielleicht."

„Wie auch immer, willst du sie anrufen?"

„Ja. Ich denke schon."

„Okay", sagte Lina, „wie spät ist es jetzt in Vietnam?"

„Gute Frage." Er sah auf die Uhr. Es war 20:30 Uhr. Er googelte, und fand heraus, dass der Zeitunterschied nach Hanoi plus sieben Stunden betrug.

„Das heißt, dort ist es jetzt mitten in der Nacht", sagte er, „ich schätze, das mit dem Anruf muss warten..."

Am folgenden Vormittag – es war Samstag – trafen sie erneut in Robins Wohnzimmer zusammen.

„Bist du bereit?", fragte Lina.

„Ich bin ziemlich nervös."

Lina konnte ihm ansehen, dass er die Nacht kaum geschlafen hatte.

„Also los!", sagte er schließlich.

Er wählte die Nummer, machte den Lautsprecher an und ließ es klingeln. Zweimal kann das Freizeichen, dann gab es einen klickendes Geräusch, und eine automatische Ansage auf Vietnamesisch erklang.

„Versuch es noch mal!", sagte Lina.

So tat er, doch das Ergebnis war dasselbe.

„Tja", sagte er, „wie es aussieht, ist die Nummer wohl nicht mehr aktuell. Jedenfalls hört es sich an wie eine Ansage der Telefongesellschaft."

„Wie blöd", sagte Lina.

„Und jetzt?"

„Jetzt könnten wir den Namen deiner Mutter noch mal googeln, und zwar zusätzlich mit dem Suchwort Hanoi."

„Gute Idee!“, entgegnete Robin, und so konsultierte er wieder seinen Laptop. Doch die Suche ergab nichts.

„Dann müssen wir wohl persönlich nach Vietnam fliegen“, lachte er.

„Meinst du wirklich?“

„Nein! Das war natürlich ein Scherz!“

Lina nickte und schlug vor:

„Aber du kannst ihr einen Brief schreiben.“

„Stimmt.“

Eine Weile lang saßen sie schweigend da, bis Robin sagte:

„Aber weißt du was? Ehrlich gesagt fände ich es gar nicht so uninteressant, mich mal in Vietnam umzusehen...“

„Ernsthaft jetzt?!“

„Ja! Ich hatte ja eh schon diese ominöse Connection zur Halong-Bucht, und jetzt, wo ich weiß, dass meine Mutter dorthin ausgewandert ist... Jetzt bin ich richtig neugierig darauf, das Land zu sehen. Vietnam soll wirklich richtig schön sein. So oder so ist es bestimmt eine Reise wert. Meinst du nicht?“

„Und ich soll mitkommen, oder wie?!“

„Klar. Du hast gesagt, du willst mich unterstützen.“

Sie sah ihn verblüfft an, überlegte und sagte dann:

„Tja, warum eigentlich nicht?“

Sie setzte sich ein bisschen aufrechter, denn sie spürte, wie Reisefieber in ihr aufstieg.

„Lass uns doch mal spaßeshalber ein bisschen Infos über das Land googeln!“, schlug er vor.

So taten sie und entdeckten auf Fotos und Videos, wie viel landschaftliche Schönheit, exotische Kultur, kulinarische Köstlichkeiten und liebenswerte Menschen es in diesem Land zu entdecken gab. Sie sahen eine Menge Bilder der berühmten Halong-Bucht mit ihren zahllosen zuckerhutförmigen Karstfelsen, sahen unwirklich aussehende Reisfeldterrassen, malerische Pagoden und Tempel – kurz: ein Land, in dem es eine Menge Sehenswertes zu entdecken gab.

Davon angestachelt vertieften sie sich weiter in Land und Leute: Vietnam blickte auf eine wechselvolle Geschichte zurück, die bis ins Jahr 4000 vor Christus reichte. Mit einer Bevölkerung von über 97 Millionen Menschen und einer Fläche von 331.212 Quadratkilometern war es sowohl von der Einwohnerzahl als auch von der Fläche her nur unwesentlich größer als Deutschland. Die Menschen waren berühmt für ihre Freundlichkeit und Gastfreundschaft.

Die vietnamesische Kultur betonte den Respekt gegenüber älteren Menschen und der Familie, die eine zentrale Rolle im Leben der meisten Einwohner spielte. Die Mehrzahl der Vietnamesen waren ethnisch gesehen so genannte Kinh, also Urvietnamesen, aber es gab auch eine Reihe ethnischer Minderheiten, darunter Menschen mit chinesischen oder thailändischen Wurzeln sowie Khmer, die Volksgruppe, die man vor allem aus Kambodscha kannte.

Die Landessprache war Vietnamesisch, deren Schrift auf dem lateinischen Alphabet basierte, weswegen die Straßenschilder für Europäer vergleichsweise leicht zu lesen waren.

Kulturell war das Land geformt von einer Vielzahl von Einflüssen. Lange Zeit war es französische Kolonie gewesen und daher zu einem guten Teil europäisch geprägt, daher auch die lateinische Schrift. Die Haupteinflüsse stammten aber aus China und anderen ostasiatischen Ländern.

Auch religiös gesehen war das Land ausgesprochen vielfältig: Hauptreligion war der Buddhismus, daneben gab es Taoismus, Konfuzianismus, Katholizismus und die Religionsgemeinschaft Cao Dai, die erst in den 1920er Jahren entstanden war und christliche und asiatische Glaubensinhalte vereinte. Die meisten Vietnamesen praktizierten eine Kombination aus buddhistischen, taoistischen und konfuzianischen Traditionen, die als Tam Giáo, zu Deutsch: Drei Religionen, bekannt waren.

Die wechselvolle Geschichte Vietnams war geprägt von einer Menge Kriege und Konflikte. Das Land war von 111 v. Chr. bis 939 n. Chr. von China beherrscht und wurde später durch Frankreich kolonisiert. Im Zweiten Weltkrieg war es von den Japanern besetzt, danach erklärte es seine Unabhängigkeit, und darauf folgte ein langwieriger Konflikt mit den USA, der schreckensreiche Vietnamkrieg. Er dauerte 20 blutige Jahre und endete erst im Jahr 1975 mit der Eroberung von Saigon durch kommunistische Kräfte.

Seitdem hatte Vietnam sich zu einer sozialistischen Republik entwickelt und begonnen, sich wirtschaftlich zu öffnen. In den letzten Jahrzehnten hatte das Land ein beeindruckendes Wirtschaftswachstum zustande gebracht und galt inzwischen als eine der am schnellsten wachsenden Volkswirtschaften der

Welt. Die Hauptstadt Hanoi war ein modernes, pulsierendes Zentrum geworden.

Je länger Lina und Robin sich mit dem Land beschäftigten, desto mehr glaubte Lina, dass Robins Idee gar nicht so schlecht war.

„Lass uns doch mal spaßeshalber gucken, was so eine Reise kosten würde!", schlug Robin vor.

„Okay! Wir nehmen natürlich zwei Einzelzimmer, nur um das schon mal zu klären."

„Versteht sich."

Sie verglichen Preise und kamen zu dem Ergebnis, dass eine solche Reise durchaus erschwinglich war. Es gab günstige Flüge, und Hotels waren im Vergleich zu deutschen Preisen erstaunlich günstig, genau wie die Kosten für Restaurants und Streetfood. Sie mussten allerdings lange Flugzeiten mit Zwischenstopps in Kauf nehmen.

„Also", sagte Robin, „halt mich bitte gerne für verrückt, aber ich finde die Idee richtig gut!"

Lina lachte und sagte:

„Ich muss sagen, ich bin wirklich überrascht von deinem plötzlichen Tatendrang."

„Ich auch... aber dass meine Mutter in Vietnam ist, das hat mich einfach komplett umgehauen. Und jetzt will ich einfach mehr wissen."

„Verstehe ich. Aber solltest du es nicht erstmal mit einem Brief versuchen?"

„Ach was... das dauert doch ewig, bis da ne Antwort kommt."

„Das heißt, du willst sie völlig unangekündigt überfallen?"

„Klar, warum nicht?"
„Und wenn sie da gar nicht mehr wohnt?"
„Dann fragen wir eben die Nachbarn."
„Okay... ich schätze, darüber muss ich erstmal in Ruhe nachdenken..."

12

„Nur, dass ich das richtig verstehe", sagte Jackie, „er hat dich bis heute Abend nicht mal mit dem Allerwertesten angeschaut – und jetzt wollt ihr auf einmal gemeinsam in den Urlaub fliegen?!"

Lina hatte sie angerufen, gleich nachdem sie sich von Robin verabschiedet hatte, und Jackie war direkt zu ihr gefahren, um sich die neueste Entwicklung brühwarm erzählen zu lassen.

„Kein Urlaub. Also nicht in erster Linie. Sondern eine Recherche-Reise zu seiner Mutter!"

„Okay. Bitte hilf mir, das zu verstehen. Erzähl mal alles von Anfang an."

Ausführlich schilderte sie das Gespräch, das sie mit Robin gehabt hatte, erzählte von den Nachforschungen, die sie miteinander angestellt hatten und von dem aufschlussreichen Telefonat mit Sabine.

„Oh Mann", sagte Jackie, „das ist alles ganz schön crazy. Aber ich muss sagen, dass du echt was losgetreten hast. Ich hätte nicht gedacht, dass er sich überhaupt darauf einlässt. Das ist ein echter Fortschritt!"

„Absolut!"

„Trotzdem... so eine weite Reise zu machen – mit *eurer* Vorgeschichte? Mit einem Mann, der psychisch derart vorbelastet und unberechenbar ist wie Robin? Ganz ehrlich: An deiner Stelle würde ich mir das sehr, sehr genau überlegen!"

„Ich weiß... ich werde es mir natürlich nochmal gründlich durch den Kopf gehen lassen."

Jackie sah sie an und lachte:

„In was für eine völlig durchgeknallte Geschichte bist du da reingeraten?!"

„Ja, das möchte ich auch gerne wissen..."

In den folgenden Tagen dachte Lina viel über Robins verrückte Reisepläne nach. Und je länger sie darüber nachdachte, desto klarer stand ihr vor Augen, dass sie diese Reise machen wollte. Selbst wenn es mit Robin nicht gut laufen würde, wäre das kein Drama. Immerhin hätten sie Einzelzimmer und somit die Möglichkeit, sich aus dem Weg zu gehen und getrennt voneinander das Land zu erkunden.

Aber diese Möglichkeit wollte sie gar nicht erst in Betracht ziehen. Sie konzentrierte sich lieber auf die Chance, die sich hier bot. Mit etwas Glück würden sie seine Mutter tatsächlich ausfindig machen, und dann bestand die Hoffnung, dass er endlich mit seiner Vergangenheit Frieden schließen konnte. Momentan war er nicht nur bereit dazu – er brannte geradezu darauf, und Lina fand, dass sie diese Gelegenheit beim Schopfe packen mussten, ehe er es sich wieder anders überlegte.

Abgesehen davon war sie selbst mittlerweile heiß darauf, dieses reizvolle, ihr so gänzlich unbekannte Land zu entdecken. Und warum sollte sie nicht mal ein kleines Abenteuer wagen?

Nach einigen Tagen texteten Lina und Robin sich wieder zusammen und verabredeten sich in seiner Wohnung, um zu beratschlagen.

„Und?", fragte er, als sie in seinem Wohnzimmer zusammensaßen, „was denkst du?"

„Ich denke, dass wir's machen sollten."

„Gut! Genauso sehe ich das auch!"

„Perfekt! Dann lass uns doch direkt mal gucken, wann wir das hinkriegen würden."

Lina hatte ihren Terminkalender mitgebracht, und so besprachen sie, wann es passen würde. Es stellte sich heraus, dass sie sich theoretisch beide Ende April, Anfang Mai zwei Wochen Zeit nehmen konnten für die Reise – vorausgesetzt, ihre Arbeitgeber spielten mit. Sie schauten für diesen Zeitraum nach günstigen Angeboten, und tatsächlich gab es noch einige freie Plätze.

So beschlossen sie, so schnell wie möglich mit ihren Vorgesetzten zu klären, ob sie in dieser Zeit Urlaub nehmen könnten, und sich dann wieder zu besprechen.

Zwei Tage später rief Robin sie an:

„Bei mir klappt es!", sagte er.

„Bei mir auch!", lachte sie.

„Also, auf nach Vietnam!"

13

Es war früher Morgen, als Lina und Robin über die Gangway das Flugzeug verließen und den Terminal des Flughafens von Hanoi betraten. Durch die großen Fenster konnten sie nach draußen auf das Rollfeld sehen. Der Himmel war wolkenlos, und die Sonne ließ den Himmel in zarten Flieder- bis Orangetönen erstrahlen. Gefühlt war es für sie mitten in der Nacht. Sie waren am frühen Nachmittag in Berlin gestartet, hatten einen Zwischenstopp in Frankfurt gehabt und waren dann am späten Nachmittag Richtung Hanoi losgeflogen und hatten eine kurze Nacht gehabt, da sie der Morgensonne entgegen gereist waren. Entsprechend steckte ihnen die Müdigkeit in den Knochen. Lina hatte nur zwei oder drei Stunden geschlafen, und das auf dem engen Flugzeugsitz, auf dem man unmöglich eine bequeme Schlafhaltung finden konnte. Robin war es in der Nacht nicht besser ergangen. Ihnen taten sämtliche Knochen weh, und es war ungemein befreiend, sich wieder normal bewegen zu können.

Die zwei staunten nicht schlecht über das moderne, schlicht-elegante Flughafengebäude, das hell, sonnig und luftig war und so viel ansprechender als der heimische Flughafen in Berlin.

Jetzt hieß es: auf den Koffer warten und die Passkontrolle über sich ergehen lassen. Doch zu ihrer Erleichterung ging diese ganze Prozedur vergleichsweise zügig über die Bühne, sodass sie bald darauf am Taxistand vor dem Flughafengebäude ankamen und den vordersten Wagen ansteuerten. Die Luft hier draußen war heiß und schwül, sodass ihnen schon nach einigen Sekunden Schweißperlen auf die Stirn traten.

Der Fahrer stieg aus und begrüßte sie mit einer so bemerkenswerten Fröhlichkeit und Freundlichkeit, dass Lina sich davon geradezu belebt fühlte. Er packte ihr Gepäck in den Kofferraum, und als sie eingestiegen waren, nannten sie ihr Hotel in der Altstadt von Hanoi. Laut Reiseführer sollte die Fahrt rund 45 Minuten dauern und nur knapp 20 Euro kosten. Generell sollten die Preise in Vietnam überraschend niedrig sein, es gehörte zu den preiswertesten Reiseländern überhaupt.

Nachdem sie das Flughafengelände hinter sich gelassen hatten, steuerte der Fahrer auf eine Autobahn. Sie war von Palmen gesäumt und führte zunächst durch eher dünn bebautes Gebiet. Sie sahen einzelne Wohnsiedlungen, die aus modernen, wenig ansehnlichen Betonbauten bestanden, passierten Industrieanlagen und Gewerbeflächen, dazwischen viel Grün, urwüchsige Natur, aber auch landwirtschaftliche Flächen, vermutlich Reisfelder, und hier und da Ansiedlungen, deren hübsche Einfamilienhäuser und Gärten für eine wohlhabendere Bewohnerschaft sprachen.

Lina hatte ihre Müdigkeit bald vergessen. Reisefieber hatte sie gepackt, und sie brannte darauf, dieses Land zu entdecken. Während sie sich der Hauptstadt Hanoi näherten, konnten sie bereits die Wolkenkratzer-Skyline erahnen. Acht Millionen Einwohner hatte die Stadt, also mehr als doppelt so viele wie Berlin und annähernd so viele wie New York City. Sie war die zweitgrößte des Landes nach Ho-Chi-Minh-Stadt im Süden Vietnams, auch bekannt unter dem alten Namen Saigon.

Schließlich erreichten sie den Roten Fluss, das breite Gewässer, an dem Hanoi angesiedelt war. Sie überquerten den Strom über eine schlichte moderne Hängebrücke und erreichten so das eigentliche Stadtgebiet von Hanoi.

Kaum waren sie in den Stadtverkehr eingefädelt, wurde es turbulent.

„Holla", sagte Lina. „Jetzt geht's zur Sache!"

Der Fahrer schlängelte sich schwungvoll und mit teilweise irritierend waghalsigen Manövern durch den völlig chaotischen Verkehr. Zahllose Motorräder und -roller bahnten sich in wilden Zickzacklinien den Weg durch die Fahrzeugkolonnen, und der Fahrer musste ständig auf der Hut sein, um eine Kollision zu verhindern.

„Das ist ja wie Autoscooter", meinte Lina.

„Oder eher wie Kamikaze!", gab Robin zurück.

Als der Fahrer dieses Wort hörte, fing er an zu lachen und sagte:

„Wild traffic in Hanoi, yes? Very bumpy ride!", zu Deutsch etwa: *Wilder Verkehr in Hanoi, sehr ruckelige Fahrt!*

Die Stadt war keine ausgesprochene Schönheit, bot aber viel reizvolle Abwechslung für das europäische Auge. Zwischen weniger gefälligen Betonklötzen tauchten immer wieder typisch asiatische Bauwerke auf wie Pagoden und Tempel, aber auch klassizistische Fassaden, wie man sie auch in Paris hätte vorfinden können. Laut Reiseführer waren viele der älteren Gebäude der Stadt im französischen Kolonialstil erbaut, und sie wiesen charakteristische Merkmale auf wie Balkone, Arkaden und schmiedeeiserne Verzierungen. Die beiden staunten, dass es hier außerdem bemerkenswert viele christliche Kirchengebäude gab. Für Lina als Architektin war das alles ein gefundenes Fressen, und sie freute sich darauf, mit Skizzenblock und Bleistift bewaffnet eine Besichtigungstour zu unternehmen und Inspirationen zu sammeln.

Auch die Menschen auf den Straßen machten einen bunt gemischten Eindruck. Ältere Leute trugen oft den traditionellen Reishut, jene kegelförmige Kopfbedeckung, die als Regen- und Sonnenschutz diente und die so charakteristisch für das Land war. Jüngere Leute waren meist ganz europäisch gekleidet und trugen mehr oder weniger die gleichen Sachen, wie man sie auch in Berlin sehen würde. Die jungen Menschen waren eindeutig in der Mehrzahl.

Überall sah man kleine Geschäfte und Restaurants, Markt- und Streetfood-Stände, und immer wieder passierten sie fliegende Händlerinnen und Händler, deren Fahrräder von oben bis unten mit Waren bepackt waren, sowie Straßenverkäuferinnen und -verkäufer, die einen Stab aus Bambus oder Metall wie ein Joch geschultert hatten, an dem vorne und hinten mit Schnüren Körbe oder Säcke befestigt waren, die mit Obst, Gemüse und anderen Waren gefüllt waren.

Der Verkehr war ziemlich dicht, oft standen sie in kleineren Staus. Am späten Vormittag erreichten sie dann endlich das Hotel. Es lag in einer quirligen, lebendigen Seitenstraße in der Altstadt, unweit vom Roten Fluss, und machte von außen einen überraschend eleganten und exquisiten Eindruck. Die Fassade war in französischem Stil gehalten, die Zimmer hatten kleine, schmucke Balkone mit schmiedeeisernen Geländern, und der Eingangsbereich war mit apricotfarbenem Marmor gestaltet.

Bereits bei der Buchung hatten sie gestaunt, wie günstig man in Hanoi unterkommen konnte. Wer mit schmalem Budget reiste, konnte schon für unter 20 Euro eine Übernachtung finden. Allzu viel Komfort und Hygiene durfte man dann natürlich nicht erwarten. Robin und Lina hatten sich für ein Haus im mittleren Preissegment entschieden, und wie es aussah, hatten sie damit ein Hotel erwischt, das für europäische Maßstäbe zum exklusiven Segment zählen würde.

Sie checkten ein und ließen sich in ihre Einzelzimmer führen, die direkt nebeneinander lagen. Nachdem sie sich beim Pagen mit einem Trinkgeld bedankt hatten, nahmen sie ihre Zimmer in Augenschein. Sie fingen mit Robins Zimmer an.

„Wow, ich bin echt beeindruckt!", sagte er. „Nicht, dass das mein persönlicher Geschmack wäre, aber gemütlich und gediegen ist es auf jeden Fall!"

Das Zimmer hatte dunkles Echtholzparkett, die Möbel waren aus ähnlichem dunklen Massivholz, und es gab ein edel aussehendes, matt schimmerndes dunkelgrünes Sofa, vermutlich aus Satin, nebst einem schicken Coffeetable, auf dem sogar eine Vase mit frischen Schnittblumen stand. Die Ausstattung wirkte erlesen mit ihren hochwertig wirkenden Lampen, einem Flatscreen TV in gehobener Qualität; das Bett stand in einem eigenen kleinen Schlafzimmer und sah einladend und urgemütlich aus. Wie sich herausstellte, war Linas Zimmer fast exakt genauso eingerichtet, nur spiegelverkehrt.

„Am liebsten würde ich mich direkt ins Bett schmeißen!", sagte sie.

„Ich auch. Aber dann pennen wir bis abends und sind dann die ganze Nacht wach. Ich schätze, wir versuchen lieber, bis abends durchzuziehen."

„Oh, mein Gott!", stöhnte Lina. „Ich weiß nicht, ob ich das durchhalte."

„Ich schlage vor, wir machen uns erstmal frisch und gehen was essen. Und dann sehen wir weiter."

„Gute Idee! Ich habe richtig Hunger!"

„Okay, bis gleich. Aber nicht ins Bett legen, auch nicht für fünf Minuten! Sonst fällst du direkt ins Koma!"

Lina lachte und sagte:

„Schon klar. Bis gleich!"

Wenig später liefen sie die Straße entlang, in der ihr Hotel gelegen war. Am Gehweg parkten so viele Motorräder und -roller, dass sie immer wieder auf die Straße ausweichen mussten. Auf dieser wiederum tummelten sich zahllose weitere Zweiräder, sodass ein permanentes Knattern und Dröhnen in der Luft lag und der Geruch von Benzin und Abgasen alle anderen Düfte überlagerte.

Als sie einige Schritte gegangen waren, kam ihnen ein Vietnamese mittleren Alters entgegen. Er schob einen Einkaufswagen vor sich her, der mit Schuhen gefüllt war. Freundlich sprach er sie an und fragte auf Englisch, ob sie Schuhe kaufen wollten. Sie verneinten dankend und folgten weiter dem Gehweg. Auch hier sahen sie immer wieder Straßenverkäufer mit ihren Joch-ähnlichen Schultertragen, die mit allen möglichen Waren gefüllt waren.

Schließlich fanden sie ein Restaurant, das schlicht, aber sauber, anständig und durchaus einladend aussah, und das eine der bekanntesten Spezialitäten aus Vietnam anbot: Die Reisnudelsuppe Pho. Sie suchten sich einen freien Tisch und setzten sich.

Was den speziellen Charme dieses Lokals ausmachte, waren die Ziegelsteinwände, die in einem angenehmen hellen Beige-Ton gestrichen waren. An der einen Wand hing ein großformatiges Gemälde, das eine altertümliche Straßenszenerie aus Hanoi darstellte. Ansonsten waren die Wände undekoriert und nur durch Lichtflächen reizvoll akzentuiert, die aus Wandstrahlern fluteten. In den Ecken standen mannshohe Palmengewächse, Tische und Stühle bestanden aus einem rustikal anmutenden Tropenholz. In der Luft hing eine Duftmischung aus Knoblauch, Kaffee und exotischen Gewürzen, die Lina nicht näher hätte benennen können.

Eine gut gelaunte junge Kellnerin begrüßte sie herzlich und brachte ihnen Speisekarten, die in Vietnamesisch und Englisch gehalten waren. Einiges von dem, was sie dort vorfanden, sagte ihnen nichts, wohl aber das Nationalgericht Pho.

„Guck dir mal die Preise an", sagte Lina. „Die Suppen kosten immer so um die 60 000 Dong."

Dong – das war die Landeswährung. Damit hatten sie sich bereits in Berlin gut eingedeckt und sich auch mit dem Wechselkurs vertraut gemacht.

„Das sind, warte mal kurz…ungefähr 2,50 Euro."

„Wahnsinn. Das ist wirklich günstig."

„Ja, und das Lokal ist beileibe keine Kaschemme."

Nachdem sie gewählt hatten, kam die Kellnerin und nahm ihre Bestellung auf. Freundlich wies sie die beiden darauf hin, dass man die Reisnudelsuppe Pho nicht wie *Foh* aussprach sondern wie *Fah*. Zu den Suppen bestellten sie Wasser.

Das Restaurant war etwa zur Hälfte besetzt, die meisten Gäste waren junges Publikum, zu einem guten Teil wohl Touristen, aber es saßen hier auch einige Einheimische.

„Ich finde, hier sitzt man richtig nett!", sagte Lina.

„Ja, finde ich auch."

„Oh Mann, ich bin echt ganz schön aufgeregt, so viele neue Eindrücke! Und was ich bisher von Hanoi gesehen habe, finde ich richtig spannend. Ich kanns kaum erwarten, die Stadt zu erobern."

„Ja, geht mir auch so."

Die Kellnerin brachte die Suppen, außerdem stellte sie diverse Schüsseln auf den Tisch, die mit Limetten-Schnitzen, Chili-Stücken und eingelegtem Knoblauch gefüllt waren, dazu eine kleine Glasflasche mit Korken, die vermutlich Sojasauce enthielt. Beide hatten eine Variante mit Rindfleisch bestellt. Die Suppenschüsseln waren von bemerkenswerter Größe, der Koch hatte mit Fleisch, Reisnudeln und diversen Gemüsesorten nicht gespart, und so reichte das Gericht ohne Weiteres, um sie satt zu machen.

Neugierig probierten sie.

„Und? Wie schmeckt es?", fragte Lina.

„Super lecker! Und dir?"

„Perfekt! Davon kann ich mich von mir aus die nächsten 14 Tage ernähren!"

Sie aßen eine Weile lang schweigend und genossen ihre Suppen, bis Lina fragte:

„Hast du dir schon, überlegt, wann du deine Mutter besuchen willst?"

„Ich denke, ich muss erstmal richtig ankommen und mich akklimatisieren."

„Ja, und den Jetlag überstehen."

„Genau. Was hältst du davon, wenn wir uns zwei, drei Tage Zeit nehmen, um uns umzusehen und kleine Ausflüge zu machen, bevor wir zum ernsten Teil übergehen?"

„Ja, klingt gut!"

Sie hatten bewusst darauf verzichtet, schon im Vorfeld feste Pläne zu machen. Sie wollten lieber spontan und nach der momentanen Stimmungslage entscheiden und von Tag zu Tag leben.

„Worauf ich am meisten neugierig bin, ist die Halong-Bucht", sagte Lina. „Du bestimmt auch."

Er nickte.

Sie zückte ihr Handy, öffnete eine Website und sagte:

„Ich habe mich schon mal schlau gemacht. Es gibt da diverse Tagesausflüge. Einer gefällt mir besonders. Die holen einen früh morgens vom Hotel ab, und dann geht es erst mit dem Bus zum Hafen der Stadt Ha Long, und von da aus mit einem Ausflugsboot in die Bucht. Dazu gehört ein Besuch der Sung-Sot-Höhle, die wohl als die berühmteste Höhle in der Bucht gilt, und der Luon-Höhle. Das ist so eine Grotte, durch die man mit einem Boot durchfahren kann. Dafür stellen die Kajaks zu Verfügung."

„Klingt cool."

Dann kam Lina ein Gedanke:

„Aber warte mal kurz... Ist denn das Meer überhaupt okay für dich? Ich meine, da gibt es ja auch Wasser. Und zwar eine ganze Menge."

Robin überlegte und sagte:

„Ich glaube, das wird schon funktionieren. Am Hafen und auf dem Wasser müsste es okay sein. Was ich nicht mag, ist das Geräusch von fließendem Wasser. Und was ich gar nicht abkann, sind Strände."

Lina schaute ihn an und sagte:

„Hafen ja, Strand nein... Das ist nicht so leicht, da durchzublicken. Aber okay. Wenn du sagst, eine Bootsfahrt geht, dann lass es uns probieren."

„Wir fahren erstmal hin und dann werden wir ja sehen, wie es mir damit geht."

„Okay. Das Ganze kostet knapp 50 Euro pro Nase, inklusive Verpflegung."

„Klingt gut. Und je mehr wir darüber reden, desto heißer bin ich darauf, die Bucht zu sehen. Von mir aus gleich morgen."

„Wirklich? Direkt schon morgen?"
„Ja! Warum nicht?"
„Okay, cool! Dann buche ich das gleich mal!"
Kurz nachdem die Buchung erledigt war und sie fertig gegessen hatten, sagte Lina:
„Jetzt ist es halb zwei. Eigentlich könnten wir gut ein Mittagsschläfchen einlegen. Wir könnten uns ja einen Wecker stellen."
Robin überlegte kurz und sagte:
„Also, ich bin eigentlich gerade halbwegs fit. Ich würde lieber wach bleiben."
„Okay, wollen wir dann ein bisschen die Stadt unsicher machen?
„Machen wir!"
Sie zahlten, und dann starteten sie ihre Sightseeing-Tour durch die Altstadt von Hanoi. Lina hatte auf dem Flug ihren Reiseführer studiert und ein paar Ideen gesammelt, was sie zusammen anstellen konnten.
„Weißt du, worauf ich jetzt richtig neugierig bin?"
„Sag!"
„Auf die Trainstreet. Das ist diese berühmte Geschäftsgasse, durch die ein Eisenbahngleis führt, und die ist extrem eng. Zweimal am Tag kommt der Zug, und dann müssen alle Händler und Touristen zur Seite treten, sich an die Häuserwände pressen und warten, bis der Zug vorbei ist."
„Ach ja. Das habe ich schon mal in einer Doku gesehen."
„Die ist gar nicht weit von hier. Da sollten wir auf jeden Fall hin!"
„Cool."

Sie bummelten durch eine schmale Straße, in der sich ein Geschäft an das andere reihte. Sie war gerade breit genug, dass ein Auto hindurch fahren konnte, und natürlich dominierten auch hier die Motorroller. Es war ein bisschen eng zum Gehen, aber dafür boten die Geschäfte viel Abwechslung. Lina blieb ein ums andere Mal stehen, um sich die vielfältigen Waren anzusehen. Es gab kleine Modeboutiquen, Gemüseläden, Souvenirshops und immer wieder Cafés und kleine Restaurants.

Schließlich erreichten sie die Trainstreet. Die Gasse war gerade eben breit genug für ein einzelnes Eisenbahngleis und bot einen mehr als skurrilen Anblick. Das Gleis verlief tatsächlich mitten durch ein Wohn- und Geschäftsgebiet, und der Abstand zu den Fassaden war minimal.

Allerdings stellte sich heraus, dass sie für Besucher gesperrt war. Lina kramte ihr Handy hervor und fand heraus, dass es anscheinend in den letzten Jahren gefährliche Unfälle mit der Bahn gegeben hatte, und dass die Behörden die Straße daher für Fußgänger gesperrt hatten. Früher hatten sich hier fliegende Händler getummelt, und es gab Cafés und Restaurants, die voll Touristen gewesen waren, die auf das kuriose Spektakel gewartet hatten, dass der Zug durch die Straße fuhr. Damit war es vorerst vorbei.

„Schade!", sagte Lina. „Das hätte ich gerne gesehen. Aber wenn es Unfälle gab, ist es so wohl besser."

„Trotzdem ein ziemlich schräger Anblick!", sagte Robin. „Für die Leute, die hier wohnen, ist das bestimmt merkwürdig, wenn der Zug praktisch durch ihr Wohnzimmer fährt."

„Stimmt."

Die beiden machten Fotos, dann fragte Robin:

„Was hast du sonst noch auf dem Zettel?"

„Wenn wir jetzt in dieser Richtung weitergehen, dann laufen wir auf den Westsee zu. Auf dem Weg dahin gibt es einige Highlights zu sehen, zum Beispiel die kaiserliche Zitadelle des aufsteigenden Drachens, diverse Pagoden, und das berühmte Mausoleum von Ho Chi Minh."

„Okay, das sagt mir jetzt alles nicht so besonders viel, aber dann lass uns mal laufen."

Als erstes erreichten sie die kaiserliche Zitadelle und waren beeindruckt von der schieren Größe der Festungsanlage. Das Hauptgebäude war ein orangefarbener Pagodenbau. Ein Schild gab einige Informationen zu dem Bauwerk: Die Zitadelle hieß auf Vietnamesisch Thang Long und war UNESCO-Weltkulturerbe. Sie wurde im 19. Jahrhundert in der Nguyen-Dynastie erbaut und erstreckte sich über eine Fläche von 40 Hektar, das entsprach 55 Fußballfeldern.

„Man fühlt sich wirklich wie in einer anderen Welt", sagte Robin. „Also, jedenfalls wenn man so ein Asien-Analphabet ist wie ich."

Lina lachte:

„Geht mir genauso. Aber du hast Recht. Man kommt sich vor wie in einem Film oder so. Richtig entrückt."

Einige Zeit später erreichten sie die Einsäulenpagode – in der Landessprache Chùa Một Cột. Sie erwies sich als eine märchenhaft anmutende Oase der Besinnlichkeit inmitten der lauten, trubeligen Millionenstadt. Wie Lina herausfand, war sie einer der bekanntesten buddhistischen Tempel in Vietnam und ein bedeutendes kulturelles Wahrzeichen. Sie war auf einer kleinen Insel in einem Teich erbaut und stammte aus dem 11. Jahrhundert, war aber mehrmals renoviert und rekonstruiert worden.

Der kleine Tempel selbst war auf einer einzigen Säule errichtet, die aus Stein gefertigt war und in der Mitte des Teichs stand. Das Dach war so konstruiert, dass es an eine Lotusblüte erinnerte, die aus der Säule herauswuchs.

„Traumhaft schön!“, sagte Lina.

„Ja… irgendwie unwirklich.“

Die Szenerie war verwunschen und romantisch, und für einen schweigsamen Augenblick bedauerte Lina, dass Robin und sie nur Freunde waren. Was für eine schöne Kulisse wäre das hier gewesen für einen leidenschaftlichen Kuss. Andererseits wären die Einheimischen wohl wenig angetan gewesen, wenn ihr Heiligtum auf diese Art entweiht worden wäre.

Unweit der Pagode thronte auf einem flachen pyramidenartigen Fundament das Ho-Chi-Minh-Mausoleum. Es war ein ehrfurchtgebietender, wenig gefälliger, klotziger grauer Säulenbau, der sehr nach Sowjetarchitektur aussah. Dabei handelte es sich um ein Denkmal für den vietnamesischen Revolutionsführer Ho Chi Minh, und es war zwischen 1973 und 1975 erbaut worden. In seinem Inneren war – ähnlich wie Lenin in seinem berühmten Moskauer Mausoleum – der konservierte Leichnam von Ho Chi Minh aufgebahrt. Leider war der Bau geschlossen, sonst hätten sie einen Blick werfen können auf den berühmten Revolutionär.

Sie flanierten in nördlicher Richtung weiter durch das Regierungsviertel, passierten den Präsidentenpalast, ein eindrucksvolles orangefarbenes Gebäude im französischen Kolonialstil, und gelangten dann zum Quan-Thanh-Tempel, einem buddhistisch-taoistischen Sakralbau aus dem 13. Jahrhundert. Die vordere Fassade mit dem Eingangstor und ihren vielen verspielten Figuren, Skulpturen und Verzierungen wirkte wie ein Schloss aus einem Fantasy-Epos. Der Tempel war von einer hohen Mauer umgeben, die mit traditionellen vietnamesischen Drachen verziert war.

Sie traten durch das Tor, und ein merkwürdig feierliches Gefühl ergriff von Lina Besitz. Sie wurden von einem starken Weihrauchgeruch empfangen, die Wände und Decken waren mit bunten Fresken und Gemälden bedeckt, und in der Mitte des Tempels stand ein großer Altar, auf dem eine Statue errichtet war: ein Bildnis des Schutzgottes Quan Thanh. Lina war nicht religiös, aber hier empfand sie so etwas wie einen heiligen Schauer, und auch Robin schien auf eine gewisse entrückte Art beeindruckt zu sein.

Am frühen Abend erreichten sie schließlich die letzte Station ihrer Besichtigungstour: die Tran-Quoc-Pagode. Sie war ein weiterer buddhistischer Sakralbau, und nicht irgendeiner, sondern eine der ältesten und sehenswertesten Pagoden in Hanoi. Sie war erbaut auf einer kleinen Insel des Westsees und bestand aus mehreren Gebäuden, die von einem Garten umgeben waren. Das Hauptgebäude bildete ein neunstöckiger pittoresker Turm, der von einer goldenen Spitze gekrönt war. Umgeben von Palmen und üppig wuchernden Bäumen war die Anlage ein exotisch-märchenhafter Anblick.

Lina und Robin blieben in einiger Entfernung stehen, bewunderten die fremdartige Schönheit des Baus, bis Robin schließlich sagte:

„Diese Tempelanlage ist wahnsinnig beeindruckend, aber aufs Reingehen würde ich gerne verzichten. Noch eine Besichtigung kriege ich heute nicht mehr hin. Ich bin durch."

„Geht mir ähnlich."

„Sollen wir dann mal wieder Richtung Hotel laufen?"

„Gerne. Und unterwegs können wir ja was essen. Ich habe einen Riesenhunger!"

Es war bereits dunkel, als Lina und Robin durch die Gassen der Altstadt schlenderten. An allen Ecken und Enden gab es Streetfood in Form von kleinen Imbissrestaurants, Garküchen, Grillständen und kleinen Ladenlokalen. Ihre Nasen trafen die verführerischen Düfte von gebratenem Fleisch und Gemüse, von frischen Kräutern wie Koriander, Basilikum und Minze, die rauchige Note von gegrilltem Rindfleisch, und obwohl ihnen bereits das Wasser im Munde zusammenlief, konnten sie sich nicht recht entscheiden, so groß war die Auswahl. Es gab gegrilltes Hühnchen auf Spießen, dampfende Töpfe mit Pho-Suppe, gefüllte Sommerrollen, knusprige Banh-Mi-Sandwiches, und sie sahen manche skurrile Geschäfte wie einen Fischladen, in dem lebendige Fische, Kalmare und Hummer in großen Aquarien herumschwammen, teilweise Exemplare von beträchtlicher Größe.

„Hier könnte ich nichts kaufen", sagte Lina.

„Warum nicht?"

„Weil ich dann genau wüsste, dass ich für den Tod dieses Tieres verantwortlich bin."

„Aber das bist du auch, wenn du im Restaurant ein Steak bestellst."

„Trotzdem!", gab Lina zurück, „ich will nicht vorher in sein lebendes Gesicht gesehen haben, bevor ich etwas esse."

Robin schüttelte lachend den Kopf.

Sie schlenderten weiter. Häufig sahen sie kleine Grüppchen von Menschen auf Klappstühlen oder Getränkekästen hocken, die irgendwelche Snacks aßen oder Bier tranken und dabei schwatzten, lachten und es sich gut gehen ließen. Es herrschte eine fröhliche, lebenslustige Stimmung, die die beiden ansteckte und ihre völlig überreizten und übermüdeten Gehirne noch einmal belebte.

Schließlich entschieden sie sich für Sommerrollen, die sie in einer kleinen Snackbar aßen, und die wunderbar frisch, würzig und ein bisschen exotisch schmeckten.

Wenig später kehrten sie ins Hotel zurück, und Lina hatte sich kaum ins Bett gelegt, da fiel sie schon in einen tiefen, bleiernen Schlaf.

Als sie am folgenden Morgen den Frühstücksraum betraten, waren sie die ersten Gäste. Es war 6:30 Uhr, und sie hatten eine halbe Stunde Zeit, bis der Bus sie abholte.

„Wie hast du geschlafen?“, fragte Robin.

„Gut. Ich war sofort weg und hatte an die neun Stunden Schlaf.“

„Ja, ging mir auch so.“

Sie widmeten sich dem Buffet, das opulenter kaum hätte sein können. Es gab alles, was das Herz begehrte, von diversen Eierspeisen und Pancakes über eine breite Auswahl an Brot, Brötchen, Käse, Wurst und Marmeladen bis hin zu einer ansehnlichen Auswahl von vietnamesischen Spezialitäten.

„Das ist der Wahnsinn!“, sagte Robin.

„Aber wirklich. Ich werde auf dieser Reise fünf Kilo zunehmen.“

Schweigsam aßen sie ihr Frühstück, dann wurde es Zeit rauszugehen. Sie warteten nur einige Minuten, dann kam der Bus.

Sie stiegen ein und waren froh, dass er modern und komfortabel eingerichtet und klimatisiert war, was angesichts der Hitze und Feuchtigkeit in dieser Gegend ein echter Segen war. Die Sitze waren geräumig und bequem, und so konnten Lina und Robin sich zurücklehnen und die Fahrt genießen. Allerdings hielt der Bus noch an einer Reihe weiterer Hotels, bis es richtig losging.

Nachdem sie die Hauptstadt hinter sich gelassen hatten, änderte sich die Landschaft schnell. Sie sahen grüne Reisfelder und Kalksteinfelsen. Die Straßen wurden enger und wanden sich durch Täler und Hügel. Sie passierten kleine Dörfer und Städte, sahen

Bauern, die ihre Felder bestellten, und je näher sie Ha Long kamen, desto eindrucksvoller wurde die Szenerie. Sie konnten bereits die Kalksteinfelsen erkennen, die aus dem Meer ragten und wie riesige Felsbrocken in der Bucht verteilt waren.

Schließlich hatten sie Ha Long und den Hafen erreicht, der Bus hielt, und die Fahrgäste stiegen aus. Am Hafen herrschte Hochbetrieb. Es wimmelte von Reisebussen und Touristengruppen, während an der Kaimauer Dutzende Ausflugsboote und kleine Kreuzfahrtschiffe auf ihre Fahrgäste warteten. Weiter draußen im Meer sahen sie die majestätischen Kreidefelsen im Wasser thronen, und dazwischen trieben unzählige Boote und Schiffe, und in einiger Entfernung sogar ein mächtiges internationales Kreuzfahrtschiff. Der Duft von Meer und Seetang mischte sich mit dem Geruch von gebratenem Fisch und Schiffsdiesel.

„Wie es hier riecht!", sagte Robin..

„Ja, wie Urlaub!"

Sie sah ihn an. Sein Blick wirkte seltsam versonnen.

„Alles okay bei dir?"

„Ja, absolut. Es ist nur... irgendwie ist es ein eigenartiges Gefühl, hier zu sein. Es kommt mir alles so... besonders vor."

Lina blickte auf die Wellen und lauschte auf das platschende Geräusch des Wassers an der Hafenmauer.

„Sicher, dass das mit dem Wasser für dich okay ist?"

„Ja, im Moment geht's wirklich."

Die Reiseleiterin bat die Gruppe um Aufmerksamkeit und gab einige Erläuterungen zum bevorstehenden Ausflug. Dann führte sie sie zur Anlegestelle.

Ihr Schiff war ein zweistöckiges weißes Ausflugsboot mit Sonnendeck, und es mochte Platz für um die 100 Gäste haben. Es machte einen halbwegs modernen und zuverlässigen Eindruck, und so gingen sie mit einem freudigen Vorgefühl an Bord.

„Lass uns mal auf dem Sonnendeck schauen, dass wir halbwegs gute Plätze ergattern", schlug Lina vor, und so stiegen sie die Stufen hinauf. Hier oben gab es einige Sitzbänke, Stühle und sogar eine Reihe Sonnenliegen, die aber schon besetzt waren. So nahmen sie auf einer der Bänke Platz und genossen die Aussicht auf die Bucht, während das kleine Schiff in der sanft bewegten See schaukelte und auf die Abfahrt wartete.

„Wahnsinn, wie viele Boote und Schiffe hier rumschippern!", sagte Robin. „Ich glaube, ich habe noch nie so viele auf einmal gesehen."

„Ja. Und trotzdem ist es unglaublich schön hier. Das Meer ist smaragdgrün, und die Felsen sehen aus wie aus einer anderen Welt. Es ist ein Traum!"

„Ja. Weißt du was? Hier sieht es aus wie diese traumhafte Küstenlandschaft in Avatar 2. Hast du den gesehen?"

„Ja. Und du hast Recht! Wahrscheinlich hat sich James Cameron von dieser Landschaft hier inspirieren lassen."

„Gut möglich! Ich habe irgendwo mal gelesen, dass die Halong-Bucht auch als das achte Weltwunder bezeichnet wird."

„Den Titel hat sie verdient."

Endlich begann der Motor geräuschvoll zu tuckern, und das Boot setzte sich in Bewegung. Eine Brise Schiffsdiesel füllte ihre Nasen, und einige Momente später hatten sie den Hafen hinter sich gelassen und nahmen im freien Gewässer Fahrt auf. Der Wind wehte ihnen sanft ins Gesicht, während die Vormittagssonne sie angenehm wärmte. Lina fiel auf, dass Robin noch immer nachdenklich wirkte und ziemlich schweigsam war.

„Alles in Ordnung?", fragte sie ihn.

„Ja, alles okay."

Sanft glitt das Schiff durch das türkisfarbene Wasser, das in der Sonne glitzerte, und Lina und Robin genossen den Anblick der unzähligen üppig grün bewachsenen Felsen, die in immer neuen Konstellationen und Formationen an ihnen vorüberzogen.

Mit einem Mal stand Robin von seinem Sitzplatz auf, schaute von Insel zur Insel und sagte schließlich:

„Ich war schon mal hier!"

„Was?!"

„Ja, jetzt bin ich mir sicher, ich war schon mal hier!"

Lina erhob sich und sah ihn an.

„Mir war schon am Hafen so, als käme mir das alles bekannt vor. Dieser spezielle Geruch, die Atmosphäre, es war wie ein Déjà-vu. Und jetzt, wo ich diese vielen Inseln sehe, bin ich mir ganz sicher!"

Sie legte den Arm um seine Schulter.

„Ist das okay, wenn ich dich so berühre?“, fragte sie.

„Ja, ist okay.“

Er starrte in die Ferne und schwieg eine ganze Weile lang versonnen. Schließlich sagte er leise, wie zu sich selbst:

„Ich sehe meinen Vater. Er ist auch dabei. Und meine Mutter. Sie sehen fröhlich aus.“

Wieder schwieg er und fuhr dann fort:

„Da ist auch noch ein kleiner Junge. Wir stehen zusammen an der Reling und lachen.“

„Wer ist es?“

„Keine Ahnung... vermutlich ein anderer Junge unter den Fahrgästen, den ich kennengelernt habe.“

Nach einem weiteren Schweigen sagte Lina:

„Jedenfalls ist das doch ein gutes Zeichen, dass dir ein paar Erinnerungen wiedergekommen sind. Oder?“

Er nickte.

„Und es sind schöne Erinnerungen!“, fügte sie hinzu.

„Ja!“, gab Robin zurück und lächelte. Nach einer Weile fuhr er fort:

„Weißt du was? Am liebsten würde ich gleich morgen zu meiner Mutter fahren. Jetzt bin ich richtig neugierig, mehr zu erfahren. Besonders, ob ich wirklich mal hier war.“

„Ja, lass uns das ruhig so machen.“

Sie standen noch eine Weile, ließen sich den Fahrtwind um die Ohren wehen und schauten hinaus, dann nahmen sie wieder auf der Bank Platz.

Kurz darauf setzte sich ein älteres Ehepaar zu ihnen, vermutlich Vietnamesen. Die beiden lächelten freundlich, und nach kurzer Zeit sprach der ältere Mann sie an:

„Ein schöner Ausflug!", sagte er auf Englisch.

Lina stimmte zu.

„Wo kommen Sie her?", wollte er wissen.

Lina gab Auskunft und fragte die beiden, wo sie ihrerseits herkamen.

„Wir sind aus Ho-Chi-Minh-Stadt. Im Süden des Landes. Und jetzt sind wir für eine Woche hergekommen. Zum ersten Mal seit vielen Jahren. Als wir damals frisch verheiratet waren, haben wir hier ein paar Tage verbracht. Und jetzt sind wir wieder hier", sagte er und lachte. Während er sprach, hörte ihm seine Frau lächelnd zu. Er nahm ihre Hand, küsste sie und lächelte zurück.

„Wie lange sind Sie verheiratet?", wollte Lina wissen, die gerührt war von diesem liebenswerten alten Paar.

„Seit über 40 Jahren!"

„Wie schön!", gab Lina zurück.

„Die Halong-Bucht ist wundervoll, findet ihr nicht auch?", sagte der alte Mann.

„Oh ja!", lächelte Lina.

„Kennt ihr die alte Legende, die sich hinter dem Namen verbirgt?"

„Nein", gab Lina zurück.

„Wenn ihr mögt, erzähle ich sie euch gerne."

„Ja bitte!"

Der Alte räusperte sich und begann:

„Seit das Land Vietnam gegründet worden war, wurde es immer wieder von äußeren Feinden angegriffen. Und so beteten seine Bewohner, dass der Himmel ihnen helfen möge. Eines Tages erhörte der Gott Ngoc Hoang die Gebete der Menschen, und so schickte er Hilfe. Es war eine Drachenmutter mit ihren Kindern. Sie kamen vom Himmel herunter geflogen und ließen sich hier in der Bucht nieder. Als wieder eine Flotte von feindlichen Schiffen gefahren kam, da spuckten die Drachen Juwelen. Und diese Juwelen verwandelten sich in die Inseln, die ihr hier seht, und sie standen da wie eine Verteidigungsmauer. Die feindlichen Schiffe wurden zerstört, und Vietnam war gerettet.

Als nun die Drachenmutter sah, was für friedliche und hilfsbereite Menschen die Vietnamesen waren, da beschloss sie, nicht mit ihren Drachenkindern in den Himmel zurückzukehren, sondern hier zu bleiben, um das Land für immer zu beschützen. Und deswegen heißt diese Bucht Halong-Bucht, das bedeutet: Bucht des untertauchenden Drachens. Wenn man mit einem Hubschrauber über die Bucht fliegt, dann sehen die Inseln tatsächlich aus wie ein Drache, der sich durch das Meer windet."

„Eine schöne Geschichte!", entgegnete Lina.

Eine Weile lang plauderten die beiden Alten mit ihnen, dann wurden zwei Sonnenliegen frei, und die Senioren wechselten dorthin, um sich auszustrecken.

„Weißt du, was ich interessant finde?", sagte Robin.

„Was denn?"

„Naja, in asiatischen Ländern verbinden die Menschen Drachen immer mit Glück. Hier sind es freundliche Wesen, die dafür sorgen, dass es den Menschen gut geht. In Europa ist es ja ganz anders. Da sind Drachen meistens böse und wollen den Menschen Übles. Meistens geht es in unseren Geschichten darum, dass Helden gegen Drachen kämpfen müssen."

„Ja, das stimmt."

Mit einem Mal ging ihr ein Gedanke durch den Kopf.

„Weißt du was?", sagte sie.

„Was denn?"

Sie überlegte kurz und sagte dann:

„Ach nichts!"

„Sag schon!"

„Ach, mir ist gerade nur so eine Assoziation durch den Kopf gespukt."

„Lass hören!"

„Naja, wir sind hier in der Drachenbucht unterwegs, um etwas über deine Kindheit herauszufinden."

„Und?"

„Du kennst doch bestimmt den Ausdruck, dass ein Mensch mit seinen inneren Dämonen kämpfen muss. Meistens sind damit schlimme Erinnerungen gemeint oder irgendwelche Traumata, die einen Menschen daran hindern, glücklich zu sein. Ich habe nur gerade gedacht: Das ist doch eigentlich auch ein schönes Bild, zu sagen: Jemand hat einen bösen Drachen in sich."

„Auf was du so kommst... Aber ja, irgendwie gefällt mir dieses Bild..."

An dieser Stelle wurde ihr Gespräch unterbrochen, weil eine Durchsage durch die Lautsprecher kam: Sie würden in Kürze die Sung-Sot-Höhle erreichen.

Während kurze Zeit später das Boot auf die Anlegestelle zu glitt und sie darauf warteten auszusteigen, begegneten sie wieder dem älteren Ehepaar.

„Jetzt könnt ihr mal gespannt sein. Die Sung-Sot-Höhle heißt übersetzt nämlich Überraschungshöhle."

„Warum heißt sie so?", wollte Robin wissen.

„Lasst euch überraschen!", schmunzelte der Alte.

Nachdem sie zusammen mit der Reisegruppe vom Boot gestiegen waren, ging es zu Fuß weiter. Um zur Höhle zu gelangen, mussten sie über eine lange Holztreppe steigen, die mitten durch den Dschungel führte. Es ging vorbei an zerklüfteten Felsen, und nach einer Weile gelangten sie zu einem Aussichtspunkt, von dem aus sie einen spektakulären Blick auf die Bucht und ihre Felseninseln hatten. Da sie ziemlich außer Atem waren, hatten sie gegen eine kurze Verschnaufpause nichts einzuwenden. Sie machten Fotos, genossen den Ausblick, dann ging es weiter bis zum Höhleneingang.

Beim Betreten der Höhle wurden sie von einer beeindruckenden Szenerie empfangen: Zunächst ging es einige Stufen hinunter, vorbei an bizarren Felsformationen, bis sie in ein weitläufiges Gewölbe gelangten, das ihnen durch seine schiere Größe fast den Atem raubte. Die Höhle war stimmungsvoll ausgeleuchtet, sodass alles gut sichtbar war und trotzdem eine geheimnisvolle, ja mystische Atmosphäre herrschte.

Der Tourguide gab einige Informationen zu dem, was sie sahen. Die gigantische Sung-Sot-Höhle erstreckte sich über eine Fläche von mehreren hundert Quadratmetern und war von unzähligen Stalaktiten und Stalagmiten geschmückt. Der erste Teil der Höhle war der so genannte Himmelspalast, der seinen Namen aufgrund der hohen Decke trug.

Und dann wurde auch klar, warum die Höhle Überraschungshöhle genannte wurde: Als sie nämlich den Himmelspalast hinter sich gelassen hatten, gelangten sie durch einen schmalen Tunnel in eine noch größere, noch eindrucksvollere Kammer. Auch hier gab es eine Vielzahl von interessanten Formationen zu bewundern, darunter einen massiven Stalagmiten, der einem Elefanten ähnelte.

Tief beeindruckt verließen die beiden die Höhle und mussten mit den Augen blinzeln, als sie wieder ins Tageslicht traten.

Zurück an Bord gab es einen Snack in Form von Lunchpaketen, und nachdem sie eine Weile lang weiter geschippert waren, stoppte das Boot an einer Insel. Hier erwartete sie ein Kajakverleih, und wer Lust hatte, konnte mit einem der kleinen Boote paddelnd die Insel erkunden – und durch die berüchtigte Luon-Höhle fahren. Robin sagte, dass er damit kein Problem hätte, und so stiegen sie in eins der Kajaks und gingen damit auf Entdeckungstour.

Schließlich fanden sie die Höhle: Wie eine Brücke oder ein Tunneleingang spannte sie sich über das Meerwasser, und sie lud dazu ein, mit dem Kajak hindurch zu paddeln. Darin tummelte sich eine ganze

Reihe weiterer Ausflügler, die laute Rufe ausstießen und sich am Echo freuten. Wäre dieser außergewöhnliche Ort nicht so überlaufen gewesen, hätte Lina ihn sogar als romantisch empfunden. Beeindruckend und abenteuerlich war die Höhle mit ihren bizarren Formen allemal.

Am späten Abend erreichten Lina und Robin ihr Hotel. Völlig erschöpft, aber beglückt von diesem Tag voller einmaliger Eindrücke verabschiedeten sie sich, und Lina fiel kurz darauf in einen tiefen, wohltuenden Schlaf.

14

Als sie am folgenden Morgen beim Frühstück saßen, war Robin schweigsam und in sich gekehrt.

„Alles okay bei dir?"

„Ja."

„Du bist wahrscheinlich ziemlich aufgeregt, schätze ich."

Er nickte.

„Bist du sicher, dass du heute deine Mutter besuchen möchtest? Ich meine, wir können damit ja auch noch warten."

„Nein. Heute ist gut. Ich bin bereit."

„Gut! Und hör zu: Was immer heute passiert, ich bin bei dir, okay? Ich bin für dich da!"

„Danke!", sagte er und lächelte zum ersten Mal an diesem Morgen.

Wenig später bestiegen sie ein Taxi, und Robin zeigte dem Fahrer einen Zettel, auf den er die Adresse seiner Mutter notiert hatte. Der Fahrer nickte, dann fuhren sie los.

Die Adresse lag im westlichen Teil der Stadt, der weniger pittoresk und reizvoll war als die Altstadt. Hier dominierten Betonwohnklötze das Stadtbild. Schließlich erreichten sie ihr Ziel. Robin zahlte, und sie verließen das Taxi.

Sie standen vor einem zehnstöckigen Hochhaus, das zwar wenig heimelig aussah, aber dafür in einem guten, modernen Zustand war. Sie liefen zum Eingang, und Robin suchte auf der Klingelleiste den Namen seiner Mutter – jedoch vergeblich. Der Name war nicht zu finden.

Schweigend blieb er vor der Tür stehen und blickte nachdenklich ins Leere. Lina legte ihre Hand auf seine Schulter.

„Ich hoffe, dass ihr nichts zugestoßen ist", sagte er.

„Das glaube ich nicht! Bloß weil sie hier nicht mehr wohnt, heißt das ja nicht, dass ihr was passiert sein muss. Viel wahrscheinlicher ist, dass sie umgezogen ist. Oder sie hat geheiratet und hat jetzt einen anderen Namen."

„Gut möglich."

„Ich schätze, das Einzige, was jetzt tun können, ist, die Nachbarn abzuklappern und sie zu fragen, ob sie etwas wissen."

„Ja."

Er drückte auf die unterste Klingel, und kurz darauf summte der Türöffner. Sie gingen rein, stiegen ein paar Stufen hoch und sahen, wie auf der linken Seite die Wohnungstür aufging. Ein junge Frau schaute sie fragend an und sagte etwas auf Vietnamesisch. Robin fragte sie, ob sie Englisch sprach. Sie machte Gesten, dass sie ihn nicht verstand. Er bedankte sich mit einem freundlichen Nicken, dann wandte er sich zur gegenüberliegenden Wohnungstür und klingelte dort. Anscheinend war niemand zu Hause.

Nachdem sie eine Weile gewartet hatten, gingen sie die Treppen rauf und versuchten es bei der Wohnung rechts. Sie klingelten, ein Mann mittleren Alters öffnete, und Robin fragte, ob er Englisch spreche. Sie hatten Glück: Der Mann bejahte. Robin zeigte ihm den Zettel mit der Adresse, auf dem auch der Name seiner Mutter stand und fragte ihn, ob er sie zufällig kennen würde.

„Ja!", sagte der Angesprochene. „Die Frau aus Deutschland! Aber sie wohnt schon länger nicht mehr hier, bestimmt schon seit anderthalb oder zwei Jahren. Sie hatte die Wohnung über mir."

„Und wissen Sie zufällig, wohin sie gezogen ist?"

„Nein. Ich hatte nicht viel Kontakt mit ihr. Aber fragen Sie doch mal die Nachbarin ihr gegenüber, Frau Hoang. Sie hatte, glaube ich, guten Kontakt zu ihr. Und sie spricht auch Englisch."

„Okay, danke für Ihren Tipp!"

Sie wollten sich gerade nach oben wenden, da sagte der Mann:

„Nein, nein, warten sie. Frau Hoang ist zur Zeit nicht zu Hause. Sie ist für ein paar Tage zu ihren Verwandten gefahren. Sie hat mich gebeten, die Post für sie aus dem Briefkasten zu nehmen. Sie wird erst morgen wieder hier sein. Kommen sie doch dann wieder."

„Vielen Dank für ihre Hilfe!", sagte Robin.

Sie verabschiedeten sich von dem Mann und verließen das Haus.

„Okay", sagte Lina, „das ist doch eigentlich erstmal eine gute Nachricht. Zumindest lebt sie vermutlich noch! Und vielleicht weiß die Nachbarin, wo sie jetzt wohnt."

„Ja, stimmt. Nur ein bisschen blöd, dass wir jetzt einen Tag warten müssen."

„Na, den werden wir schon rumkriegen. Wir könnten zum Beispiel zurück zur Altstadt fahren und eine Entdeckungstour rund um den Hoan-Kiem-See machen."

„Um welchen See?", grinste Robin. „Hast du Herrenchiemsee gesagt?"

Lina lachte:

„Nein, Hoan-Kiem-See. Der heißt zu Deutsch: *See des zurückgegebenen Schwertes*. Wir könnten durch das französische Viertel spazieren, das für seine sehenswerte Architektur berühmt ist, und dann weiter durch das Kathedralenviertel. Da gibt es jede Menge Cafés und Restaurants, und da soll richtig was los sein. Und der See selbst ist wohl sehr hübsch."

„Okay, klingt gut."

Während sie im Taxi saßen, gingen Lina eine Reihe Gedanken durch den Kopf. Ob sie Robins Mutter überhaupt finden würden? Oder war ihre Reise umsonst gewesen? Ihr wurde bewusst, dass Robin bisher sehr wenig über sein früheres Verhältnis zu seiner Mutter erzählt hatte. Er hatte nur angedeutet, dass es kompliziert gewesen war, und sie hatte nicht weiter nachgefragt. Vielleicht wäre er inzwischen bereit, darüber mehr zu erzählen? Immerhin hatte er sich Lina gegenüber in letzter Zeit geöffnet. Sie war neugierig zu hören, was das Problem zwischen ihm und seiner Mutter gewesen war, und womöglich würde sie in einem solchen Gespräch weitere Anhaltspunkte finden, was Robin in seiner frühen Kindheit erlebt hatte. Sie nahm sich vor, ihn bei passender Gelegenheit auf seine Mutter anzusprechen.

Sie fuhren zum südöstlichen Ende des Sees und liefen von hier aus ins Französische Viertel. Hier dominierte der europäische Einschlag der Architektur. Sie flanierten durch breite Boulevards und charmante Gassen, vorbei an imposanten französischen Kolonialvillen und -häusern, die größtenteils Ende des 19. und Anfang des 20. Jahrhunderts erbaut worden waren.

Schließlich erreichten sie Vietnams größtes Schauspielhaus, die Oper von Hanoi. Dieser opulente klassizistische Prachtbau war gestaltet nach dem Vorbild der Pariser Garnier-Oper. Die Fassade war in einem sonnigen Gelbton gestrichen, während seine klassischen Säulen, Bögen und Balkone in Weiß gehalten waren. Das Gebäude wirkte frisch, verspielt und ein bisschen wie ein Märchenschloss.

„Sieht aus wie Barbies Sommerresidenz“, scherzte Robin.

„Ja“, lachte Lina, „das trifft es ganz gut!“

Von der Oper aus spazierten sie weiter in westlicher Richtung und erreichten das Kathedralenviertel mit seinen zahlreichen historischen Gebäuden und prächtigen Kathedralen.

Das Viertel war im späten 19. Jahrhundert von französischen Kolonialherren gegründet worden und im Kolonialstil erbaut, während die bekannteste Kirche, die St.-Josephs-Kathedrale, im neugotischen Stil gehalten war und stark an die Notre-Dame in Paris erinnerte.

Nachdem sie sich umgesehen und in einige Geschäfte geschaut hatten, beschlossen sie, etwas zu essen und fanden ein nettes schlichtes Restaurant, in dem sie hervorragende Sommerrollen bekamen.

Nach dem Essen flanierten sie zum Hoan-Kiem-See. Mit seiner umgebenden Parkanlage erwies er sich als ein romantisches grünes Fleckchen mit malerischem Charme. Allerdings waren sie bei Weitem nicht die Einzigen, die das so empfanden, denn hier tummelten sich scharenweise Touristen und Einheimische. Das Zentrum des Sees bildete der Ngoc-Son-Tempel, zu Deutsch: Jadebergtempel, der auf einer Insel in der Mitte des Sees lag. Das buddhistische Bauwerk war im 19, Jahrhundert zu Ehren der taoistischen und konfuzianistischen Gelehrten errichtet worden, und um ihn zu erreichen, musste man über eine knallig-magentafarbene Brücke laufen, die den hübschen Namen *Brücke der willkommen heißenden Morgensonne* trug.

Sie überlegten kurz, ob sie das Bauwerk von innen besichtigen sollten, da es aber stark überfüllt war, verzichteten sie darauf und erkundeten lieber die See-Promenade, die durch eine üppig-grüne Parkanlage voller Palmen und exotischer Bäumen führte. Nachdem sie eine Weile lang spaziert waren, fanden sie eine hübsche Parkbank mit einem guten Blick auf den See, und so nahmen sie Platz. Eine Weile lang genossen sie die grüne Idylle, dann begann Lina:

„Du sag mal, kann ich dich was fragen?"

„Klar."

„Du hattest mal andeutungsweise davon gesprochen, dass dein Verhältnis zu deiner Mutter nicht so besonders gut war. Ich habe da nicht weiter nachgefragt, weil wir uns noch nicht so gut kannten. Aber vielleicht magst du mir jetzt ein bisschen was darüber zu erzählen?"

„Uff...", machte Robin und zog ein missmutiges Gesicht.

„Ich sehe schon, du hast keine Lust."

„Nicht wirklich."

„Okay, musst du natürlich nicht. Allerdings finde ich... Wir sind ja nun extra nach Vietnam geflogen, damit du deine Vergangenheit -"

Er unterbrach sie:

„Ist schon gut. Du hast Recht."

Er machte eine Pause, atmete durch und sagte dann:

„Es ist gar nicht so einfach, unser Verhältnis zu beschreiben. Meine Mutter war völlig unberechenbar. Ihre Stimmung konnte von einem Moment auf den anderen komplett umschlagen. Im einen Augenblick war sie fröhlich und gut drauf, und im nächsten Moment fing sie an rumzubrüllen.

Manchmal bekam sie aus heiterem Himmel Heulanfälle. Außerdem hatte sie immer wieder Panikattacken und dazu noch eine Zwangsstörung. Ein bisschen so wie ich, nur noch einen Zacken schärfer. Wenn ein Wasserhahn tropfte, dann geriet sie direkt in Panik, weil sie Angst hatte zu ertrinken. Und die Phobie vor fließendem Wasser hatte sie auch."

„Aha! Dann habt ihr das also beide."

„Ja, genau. Und dann hatte sie auch immer wieder ihre Depressionen. Dann lag sie tagelang im Bett und sagte, dass sie krank sei. Oft hat sie mir dann Aufgaben aufgetragen wie zum Beispiel Saubermachen, Einkaufen – eben alles, was sie sonst erledigt hätte. Ich habe oft wochenlang den kompletten Haushalt geschmissen. Und das schon mit elf, zwölf Jahren."

„Krass."

„Natürlich hatte sie auch ihre guten Zeiten, und dann war sie wirklich sehr liebevoll und hat sich gut um mich gekümmert."

„Immerhin. Und wie ging es dir mit diesem ganzen Chaos?"

Er starrte ins Leere und sagte schließlich:

„Nicht gut. Aber ich kannte es eben auch nicht anders. Ich hatte oft Angst um sie, und auch davor, was wäre, wenn meine Mutter mal nicht mehr da wäre. Wenn ich nicht gut drauf war, dann habe ich mich abgelenkt mit Cellospielen oder auch mit Lernen für die Schule. Meine Mutter war da sehr hinterher, dass ich diese Pflichten gut erfülle. Ich wusste, wenn ich meine Sachen gut erledige, dann war sie einigermaßen gut drauf. Und deswegen habe ich alles daran gesetzt, dass das funktionierte. Ich habe alles getan, was ich konnte, damit es ihr gut ging."

„Das klingt echt hart. Aber immerhin hast du dadurch deine Schule und dein Studium gut hingekriegt."

„Ja, das stimmt."

„Hat sie denn nie eine Therapie gemacht oder so etwas?"

„Doch, soweit ich weiß, hatte sie das mal ausprobiert. Aber das hat wohl nicht so gut geklappt. Sie hat immer über Psychologen und Therapeuten gewettert und sie als Quacksalber und Scharlatane beschimpft."

„Aha, dann kommt deine Abneigung gegen Therapeuten wohl daher?"

„Könnte schon sein."

„Und was war das für ein Streit, der zu eurem Zerwürfnis geführt hat?"

„Ach, meine Mutter hat sich einfach insgesamt zu viel in meine Angelegenheiten eingemischt und mir gesagt, was ich tun und was ich lassen sollte. Zum Beispiel die Sache mit den Auftritten und mit dem Studium. Aber es gab auch noch andere Themen. Und deswegen hatten wir andauernd Streit. Ich könnte gar nicht mehr genau sagen, was der konkrete Anlass an diesem Tag war. Es lag einfach schon die ganzen Monate davor immer Spannung in der Luft, und wir haben uns nur noch angeschrien. Es ging einfach nicht mehr."

„Und dann bist du ausgezogen."

„Ja. Noch vor meinem Abitur. Erst bin ich bei einem Freund untergekommen, und dann habe ich mir meine eigene Wohnung gesucht."

„Und wie hast du das hinbekommen? Ich meine finanziell."

„Mein Vater hatte uns eine ganze Menge Geld hinterlassen, und ich hatte ein Sparkonto mit ziemlich viel Rücklagen drauf. Außerdem hatte ich eine Halbwaisenrente. Deswegen war es für mich kein großes Problem, meine Wohnung zu finanzieren."

„Und dann hast du mit 17 deinen eigenen Haushalt geführt und bist nebenher noch zur Schule gegangen?"

„Ja, genau. Aber ich war ja auch schon daran gewöhnt, Hausarbeiten zu übernehmen, und deswegen war das für mich keine große Umstellung."

„Jedenfalls Hut ab! Da musstest du ja schon sehr früh sehr viel Verantwortung übernehmen."

„Ja, das musste ich. Für mich selbst, aber auch für meine Mutter. Früher, als ich noch klein war und es ihr schlecht ging, da musste ich mich ja auch um sie kümmern. Das war ziemlich heftig!"

„Glaube ich. Aber ich bin wirklich beeindruckt, wie gut du dein Leben hinbekommen hast, trotz der schwierigen Umstände."

„Danke!"

„Und wie erklärst du dir die psychischen Probleme deiner Mutter? Lag das am Unfall deines Vaters? Oder steckt da noch mehr dahinter?"

„Tja, das ist eben die große Frage."

„Immerhin erklärt der Unfall nicht eure merkwürdige Wasserphobie."

„Das stimmt. Übrigens habe ich seit meiner Kindheit immer wieder denselben Albtraum, nämlich dass ich ertrinke."

„Seltsam... und hast du diesen Albtraum immer noch manchmal?"

„Ja, bestimmt ein oder zweimal im Monat. Und meine Mutter hatte auch Albträume. Manchmal schrie sie nachts um Hilfe."

„Sehr merkwürdig..."

„Ja. Das Problem ist, dass wir nie über meinen Vater und den Unfall geredet haben. Wenn ich sie darauf ansprach, wehrte sie ab und sagte, sie könne nicht darüber reden."

„Das ist auch ganz schön bitter für dich, oder?"

„Ja natürlich. Es gibt da einfach noch eine Menge Fragezeichen, und ich gebe dir Recht: Ich glaube inzwischen auch, dass noch mehr dahinterstecken muss als der Unfall."

„Naja... ich hoffe jedenfalls sehr für dich, dass wir deine Mutter finden und du das alles für dich klären kannst."

„Ja..."

„Danke, dass du mir so offen darüber erzählt hast. Und danke für dein Vertrauen."

„Tja... du bist die erste, der ich das alles erzählt habe."

„Wirklich?"

Er nickte.

Daraufhin nahm sie seine Hand und drückte sie fest, ließ sie dann aber wieder los, denn sie wollte nicht gegen ihre Vereinbarung verstoßen. Einen Moment lang saßen sie verlegen nebeneinander, dann schlug Lina vor, dass sie weitergingen.

Den Rest des Nachmittags verbrachten sie in der Altstadt mit Windowshopping und Kaffeetrinken. Am Abend fand unweit ihres Hotels der berüchtigte Nachtmarkt statt. Immer freitags bis sonntags wurde die sonst so verkehrsreiche Hang Dao Street gesperrt, und ab 19.00 Uhr boten zahlreiche Markthändler ihre Waren zum Verkauf. Im Licht greller Neonlampen gab es Fake-Markenware wie Kleidung, Sonnenbrillen und Handy-Hüllen, aber auch Plastik-Spielzeug und allen möglichen Krempel und Nippes. Dazwischen lockten vielfältige Garküchen mit Streetfood aller Art, und dort besorgten sie sich auch ihr Abendessen: Auf vietnamesische Art zubereitete Reispfanne mit Huhn und Erdnusssoße, die sie auf einer Bank sitzend genossen.

Es war noch recht früh am Abend, als sie beschlossen, zum Hotel zurückzukehren und schlafen zu gehen. Der Jetlag saß ihnen noch immer in den Knochen.

Am folgenden Vormittag fuhren sie wieder mit dem Taxi zur früheren Adresse von Robins Mutter. Sie stiegen aus, gingen zur Haustür, und Robin drückte die Klingel mit dem Namen Hoang. Kurz darauf summte der Türöffner, und sie gingen hinauf in die erste Etage, wo auf der linken Seite die Wohnungstür aufging und eine Dame mittleren Alters heraus schaute. Robin grüßte freundlich auf Englisch und fragte, ob die Dame Frau Hoang sei. Sie grüßte freundlich zurück, bejahte und fragte, was die beiden von ihr wollten.

„Wir haben mit ihrem Nachbarn von unten gesprochen. Er hat uns geraten, mit ihnen Kontakt aufzunehmen. Mein Name ist Robin Fischer. Ich bin der Sohn von ihrer früheren Nachbarin Anja Fischer."

„Ah!", machte die Frau und fing an zu lächeln. „Ich freue mich, Sie kennenzulernen. Ich habe mich oft mit Ihrer Mutter unterhalten. Sie hat mal erwähnt, dass sie einen Sohn in Deutschland hat."

Sie schaute ihn an, und sagte: „Ja, Sie sehen ihr tatsächlich ähnlich."

„Ich hatte gehofft, dass Sie vielleicht wissen, wo meine Mutter hingezogen ist."

„Haben Sie denn gar keinen Kontakt zu ihr?"

Robin verneinte.

„Oh, das ist traurig!"

„Wissen Sie, ob sie noch in Hanoi lebt? Oder überhaupt in Vietnam?"

„Wo sie jetzt ist, kann ich nicht mit Sicherheit sagen, denn ich habe seit ihrem Auszug keinen Kontakt mehr mit ihr gehabt. Aber damals hat sie oft erzählt, dass sie eines Tages in einem buddhistischen Kloster leben möchte. Und das hat sie dann in die Tat umgesetzt."

„Ein buddhistisches Kloster?"

„Ja!"

„Und wissen Sie, welches Kloster das ist?"

Sie nannte den Namen eines Klosters, das in den Hügeln der Provinz Bac Giang östlich von Hanoi gelegen war.

Robin ließ sich diese Angaben buchstabieren und tippte sie in seine Notizen-App.

„Danke Ihnen ganz herzlich für ihre Hilfe!", sagte er.

„Ich drücke Ihnen die Daumen, dass Sie Ihre Mutter finden!"

„Danke!"

„Und grüßen Sie sie ganz herzlich von mir!"

„Das mache ich gerne."

Sie verabschiedeten sich, und Robin und Lina gingen nach draußen. Er holte sein Handy wieder raus und schaute auf die Karten-App. Mit dem Auto würde man gute zwei Stunden dorthin benötigen.

„Das ist gar nicht so übertrieben weit weg von hier. Da könnten wir problemlos hinfahren."

„Jetzt gleich?"

„Ja, von mir aus jetzt gleich. Wenn's für dich auch okay ist?"

„Ja klar! Dafür sind wir hier!"

Für die Fahrt nutzten sie die Fahrdienst-App *Grab*, da es in Vietnam kein Uber gab. Das war zwar deutlich teurer als etwa ein Reisebus, aber für deutsche Verhältnisse immer noch absolut erschwinglich.

Zunächst fuhren sie durch das Stadtzentrum, und als sie Hanoi hinter sich gelassen hatten, ging es durch reizvoll anmutende Landschaften, die geprägt waren von Wäldern, Reisfeldern und Obstplantagen. Je tiefer sie in die Provinz Bac Giang eindrangen, desto bergiger wurde die Landschaft. Die Hügel waren zwar nicht sehr hoch, aber sie boten immer wieder bildschöne Ansichten auf die umliegenden Landschaften. Von einigen Gipfeln aus konnten sie bis zum Horizont sehen.

Schließlich hatten sie ihr Ziel erreicht. Bereits aus einiger Entfernung fiel ihnen die Tempelanlage ins Auge, die sich malerisch an den Hang eines Hügels schmiegte. Dabei handelte es sich um eine Gruppe von eleganten Pagoden mit weinroten Fassaden und farbenfrohen Dachschindeln. Als sie sich weiter näherten, machte Lina mit einem Mal eine Entdeckung, die ihr gar nicht gefiel.

„Oh no!", sagte sie.

„Was?"

Sie zeigte nach draußen. Neben dem Kloster tauchte hinter einer Kurve ein Wasserfall auf.

„Shit!", sagte Robin.

„Ist das jetzt ein großes Problem?"

„Ich weiß nicht..."

Lina sah, dass er blass wurde und fahrige Bewegungen mit den Händen machte.

Der Fahrer steuerte den Wagen auf den Parkplatz des Klosters, der unmittelbar neben dem Wasserfall gelegen war. Durch die Scheiben hörten sie das kräftige Rauschen des herabstürzenden Wassers.

Robin begann, hektisch zu atmen.

Der Taxifahrer drehte sich nach ihnen um und wunderte sich offenbar, dass seine Fahrgäste nicht ausstiegen.

„One Moment please!", sagte Lina und wandte sich an Robin: „Und? Kannst du aussteigen?"

Inzwischen war Robin kreidebleich und zitterte am ganzen Körper.

„Ich weiß es nicht..."

„Sind wir hier richtig?", fragte der Taxifahrer verunsichert auf Englisch.

„Ja, bitte einen Moment!", gab Lina zurück. Sie dachte einen Augenblick lang nach, dann schlug sie vor:

„Hör zu: Wir sagen jetzt dem Fahrer, dass er noch nicht losfahren soll, und dann versuchen wir mal auszusteigen. Was meinst du? Und wenn es wirklich nicht geht, steigen wir wieder ein und fahren zurück."

Robin überlegte kurz und nickte.

Daraufhin erklärte Lina dem Fahrer kurz die Situation und bot ihm fürs Warten ein Trinkgeld an. Er nickte freundlich, und Lina stieg aus dem Auto, ging rüber auf die andere Seite und öffnete Robin die Tür.

„Auf gehts", sagte sie.

Robin rang sichtbar mit sich selbst, aber schließlich gelang es ihm, aus dem Wagen zu steigen. Zitternd stand er vor ihr.

„Okay", sagte sie, „das war schon mal der erste Schritt."

„Sorry, aber ich kann nicht!", stieß Robin erstickt hervor und setzte sich wieder ins Auto. „Lass uns bitte wieder fahren. Ich schaffe das nicht!"

Lina blieb ratlos stehen und überlegte, was jetzt zu tun war. Schließlich sagte sie:

„Wenn du wieder fahren willst, dann fahren wir natürlich. Aber ich möchte doch noch einen Versuch wagen, dich zu überzeugen. Ich glaube, wenn du dich jetzt deiner Angst stellst und nicht flüchtest, dann wirst du einen wichtigen Schritt nach vorne schaffen. Einen Schritt, der vielleicht dein ganzes Leben verändern kann. Du hast die Chance, dich mit deiner Mutter auszusprechen – wenn sie überhaupt hier ist. Und kannst mit deiner Vergangenheit Frieden schließen. Aber wenn du jetzt wegläufst, bleibst du in deinem alten Muster, und es wird sich nichts ändern."

Er starrte vor sich hin.

„Das ist deine große Chance! Bitte... nutze sie!"

Robin nickte unsicher. Lina konnte förmlich sehen, was für ein inneres Tauziehen sich in seinem Kopf abspielte. Schließlich sagte er:

„Du hast Recht."

Mit unsicheren Bewegungen stieg er aus.

„Geht es?", fragte Lina.

Er nickte. Da er arg hyperventilierte, sagte sie:

„Versuch mal, langsam und tief zu atmen. Ich bin bei dir. Dir kann nichts passieren."

Wieder nickte er, und eine Weile lang atmete er tief, bis er ruhiger wurde.

„Wollen wir es mal zum Kloster versuchen?"

„Okay..."

Lina sagte zum Fahrer, er möge bitte noch einen Moment warten, und sie gingen zum Eingang des Hauptgebäudes. Das Portal sprang ins Auge: Mit seinen aufwendigen Schnitzereien und Verzierungen war es ein beeindruckender Anblick.

„Und?", fragte Lina, „glaubst du, du schaffst das?"
Robin überlegte kurz und sagte:
„Ja. Du kannst den Fahrer wegschicken."
„Okay!"
Lina ging zurück zum Auto, bezahlte dem Fahrer sein Trinkgeld und verabschiedete sich. Dann kehrte sie zurück zu Robin. Sie betraten den Tempel und gelangten zunächst in einen verträumten Innenhof voll blühender Büsche, Palmen, Skulpturen und einem hübschen Springbrunnen. Drum herum gruppierten sich mehrere Einzelgebäude. Das mittlere schien das Hauptgebäude zu sein, und so gingen sie darauf zu.
Zunächst betraten sie einen kleinen Vorraum. Ein Schild wies darauf hin, dass sie ihre Schuhe ausziehen sollten. So taten sie und betraten dann den dahinter gelegenen Hauptraum, der sie mit einem Ambiente von schlichter Eleganz empfing. Massive dunkle Holzbalken zierten Wände und Decken, dazwischen waren die Wände weiß und mit spirituellen Bildwerken dekoriert. Rechter Hand fanden sie so etwas wie einen Empfang. Er bestand im Wesentlichen aus einem schlichten Schreibtisch, der allerdings unbesetzt war.
An der Wand neben dem Schreibtisch fanden sie einen kleinen Gong nebst einem Schild, das auf Vietnamesisch und Englisch den Hinweis gab, dass Besucher sich mit dem Gong bemerkbar machen sollten. Robin schlug mit einem kleinen Holzklöppel die runde Metallscheibe an, die einen dezenten, langgezogenen Klang erzeugte, der im Raum von einem intensi-

ven Nachhall begleitet war und in Lina ein Gefühl von Feierlichkeit auslöste.

Es dauert ein kleines Weilchen, bis eine Nonne erschien. Sie trug ein schlichtes orangenes Gewand und hatte die Haare kurz geschoren. Mit einem freundlichen Lächeln kam sie auf sie zu.

„Hello and welcome!", sagte sie und verbeugte sich. Robin und Lina grüßten zurück. Daraufhin fragte sie auf Englisch, was die beiden her führte, und ob sie sich für einen längeren Aufenthalt interessierten.

„Wir möchten eine Dame besuchen, die hier lebt. Jedenfalls glauben wir das", sagte Lina und bat Robin, den Zettel mit dem Namen zu zeigen.

Er zog ihn aus der Tasche und zeigte ihn der Nonne, während er den Namen seiner Mutter nannte. Die Nonne schien zu überlegen, dann sagte sie:

„Ich weiß nicht genau... ich muss jemanden fragen. Bitte warten Sie einen kleinen Moment."

„Gerne."

„Kann ich den Zettel mitnehmen?"

„Ja natürlich", antwortete Robin.

Die Nonne lächelte ihnen erneut freundlich zu, dann verschwand sie wieder, und die beiden warteten.

„Jetzt bin ich echt gespannt", sagte Lina.

„Ich auch."

„Gehts wieder einigermaßen?"

„Ja, ist schon besser. Aber nervös bin ich trotzdem."

„Das glaube ich."

„Was, wenn sie nicht hier ist?"

„Das sehen wir dann. Warten wirs erstmal ab."

Erneut dauerte es eine ganze Weile, bis die Nonne zurückkam. Und sie kam nicht allein, sondern in Begleitung einer weiteren Nonne. Sie sah europäisch aus, trug ein orangefarbenes Gewand wie die andere und hatte ebenfalls die Haare geschoren. Sie war um die fünfzig, schlank, hatte ein schmales, auffallend hübsches Gesicht mit ausgeprägten Wangenknochen und großen blauen Augen. Als sie Robin sah, verlangsamte sie zunächst ihre Schritte, machte ein fassungsloses Gesicht, und Lina konnte sehen, dass ihre Augen feucht wurden. Dann beschleunigte sie ihre Schritte, lief auf Robin zu, fiel ihm in die Arme und sagte mehrmals seinen Namen. Sie hielten einander lange fest, und Lina konnte hören, dass die Frau schluchzte. Die andere Nonne war offensichtlich gerührt von diesem Wiedersehen und trat diskret lächelnd einige Schritte zurück.

Die beiden lösten sich voneinander, und Robins Mutter sagte:

„Was für eine Überraschung! Ich habe so oft an dich gedacht und mich gefragt, wie es dir wohl geht. Wie schön, dass du da bist!"

Sie wischte sich die Tränen aus den Augen, und Lina nahm wahr, dass auch Robin feuchte Augen hatte. Seine Mutter drehte sich zu der anderen Nonne, sagte etwas auf Vietnamesisch zu ihr, worauf die andere sich verbeugte und davonging.

Robin indessen wandte sich an seine Mutter:

„Das ist Lina, eine gute Freundin von mir, und das ist Anja, meine Mutter."

Er wirkte jetzt deutlich ruhiger – aufgeregt, aber nicht mehr panisch.

Die beiden Frauen gaben sich die Hand, und Anja sagte mit einem gewissen Ton:

„Eine gute Freundin... aha... Ich freue mich, dich kennenzulernen."

„Ich freue mich auch!"

„Und ihr seid extra nach Vietnam gekommen, um mich zu besuchen? Wie habt ihr mich gefunden?"

Robin schilderte ihr eine Kurzfassung der Ereignisse, worauf Anja sagte:

„Jedenfalls gut, dass es geklappt hat! Jetzt haben wir eine Menge zu reden. Ich schlage vor, dass wir ein bisschen spazieren gehen, oder?"

Robin und Lina bejahten, daraufhin wechselten die drei in den Vorraum, zogen sich ihre Schuhe an, und dann verließen sie durch das Hauptportal das Kloster. Vor sich sahen sie den Wasserfall. Das Tosen drang lautstark an ihre Ohren.

„Ein wunderschönes Schauspiel, nicht wahr?", sagte Anja.

„Ja", erwiderte Robin. „Allerdings habe ich mit rauschendem Wasser so meine Schwierigkeiten, wie du ja vielleicht noch weißt."

Er wirkte wieder nervöser.

„Ja, ich weiß."

„Vielleicht können wir irgendwo anders hingehen?", bat er.

„Klar, kein Problem. Ich führe euch ein bisschen in der Umgebung herum. Es ist traumhaft schön hier."

Sie begannen ihre kleine Wanderung, und Robin fragte seine Mutter:

„Was ist eigentlich aus *deiner* Wasserphobie geworden?"

„Die habe ich inzwischen überwunden. Gott sei Dank."

„Wie hast du das geschafft?", fragte Robin.

„Das erzähle ich dir gerne. Aber erstmal möchte ich was von dir hören!", gab sie zurück. „Wie ist es dir in den letzten Jahren ergangen?"

„Bevor ihr weiterredet", schaltete Lina sich ein, „wollt ihr zwei vielleicht lieber unter euch sein?"

„Also, ich hätte dich gerne dabei!", sagte Robin.

„Bleib gerne bei uns!", bestätigte Anja.

„Okay."

Während sie einem schmalen Wanderweg folgten, erzählte Robin, dass er ein Medizinstudium begonnen und erfolgreich abgeschlossen hatte und jetzt als Arzt in der Charité arbeitete.

Sie beglückwünschte ihn und sagte:

„Du warst ja immer schon sehr pflichtbewusst und gewissenhaft. Ich bin stolz auf dich."

Robin lächelte, und es war ihm anzusehen, dass ihm diese Aussage seiner Mutter sehr viel bedeutete.

„Also nimmst du es mir nicht mehr übel, dass ich nicht Cello studiert habe?"

„Nein!", sagte sie und machte ein reumütiges Gesicht. Lina wunderte sich ein wenig darüber, wie versöhnlich und warmherzig sie rüberkam. Nach Robins Erzählungen hatte sie mit etwas ganz anderem gerechnet.

Anja fragte:
„Spielst du denn noch?"
„Fast jeden Tag."
„Wie schön!"
„Ja, und er spielt wirklich toll!", schaltete Lina sich ein, „wir haben auch schon zusammen Musik gemacht."
„Ach, das freut mich!"
„Und du?", fragte Robin. „Wie kam es dazu, dass du ausgewandert bist – und Nonne wurdest?"
„Ach, weißt du, nach unserem Zerwürfnis war ich sehr durcheinander, und es ging mir psychisch überhaupt nicht gut. Ich habe mich danach gesehnt, alles hinter mir zu lassen, und einen neuen Anfang zu machen. Naja, und Vietnam ist mein Traumland gewesen, seit ich denken kann. Ich habe immer gedacht: Eines Tages werde ich nach Vietnam auswandern. Jedenfalls, damals hatte ich das Gefühl, dass der Zeitpunkt gekommen war, diesen Traum wahrzumachen. Ich hatte noch einiges Geld von deinem Vater, und deswegen konnte ich es mir leisten, mit einem One-Way-Ticket nach Vietnam zu reisen und dort einige Wochen ohne festes Einkommen zu leben und mir ganz in Ruhe einen Job zu suchen.
Ich zog in eine kleine Wohnung in Hanoi und fand bald Arbeit als Krankenschwester. So kam eins zum anderen, und ich blieb in Vietnam. Allerdings musste ich mit der Zeit feststellen, das es mir psychisch nicht sehr viel besser ging. Man nimmt seine Probleme eben doch immer mit, egal wohin man geht. In der ersten Zeit war ich so abgelenkt durch die neuen Ein-

drücke, dass ich davon nicht so viel gespürt habe, aber mit der Zeit kamen die Probleme zurück, und ich musste erkennen, dass es nicht ausgereicht hatte, auszuwandern.

Ich lebte eine ganze Weile vor mich hin, erlernte die Sprache und befasste mich mit Buddhismus. Nach einer Weile begann ich, regelmäßig zu meditieren und auch sonst den Prinzipien dieses Glaubens so gut wie möglich zu folgen. Mit der Zeit merkte ich, dass mir das gut tat. Und so kam es, dass ich eines Tages beschloss, für ein paar Wochen in ein Kloster zu gehen und auszuprobieren, wie es mir damit ging. Tatsächlich spürte ich schon bald, wie gut mir das tat, und wie langsam, aber sicher immer mehr Ruhe in meinem Inneren einkehrte. Und deswegen beschloss ich, Nonne zu werden. Tja, und so bin ich hier gelandet."

„Erstaunlich!", sagte Robin, „das ist wirklich sehr außergewöhnlich. Und es scheint dir wirklich gut zu tun. Du wirkst tatsächlich sehr ausgeglichen – und völlig verändert."

„Ich hoffe zum Guten!", lachte sie. „Nach vielen Jahren von Schmerz und innerem Kampf habe ich Frieden gefunden. Und ich bin unendlich dankbar und glücklich, dass ich diesen Weg für mich gefunden habe."

Lina war erstaunt und glücklich darüber, wie gut dieses Gespräch lief. Offenbar waren Robins Befürchtungen unbegründet gewesen.

„Aber zurück zu dir, Robin", sagte Anja, „geht es dir denn auch gut? Ich meine, du bist sehr erfolgreich und alles, aber bist du auch *glücklich*? Du siehst ehrlich gesagt ein bisschen gestresst aus."

„Ja, tatsächlich geht es mir nicht so wirklich gut. Du hast eben von Schmerzen und innerem Kampf gesprochen... tja, und mit so etwas habe ich eben leider auch zu tun."

Anja nickte nachdenklich.

„Tatsächlich ist das auch der Grund, warum ich dich gesucht habe", fuhr Robin fort. Er zögerte einen Moment lang und fügte hinzu: „Ich möchte nämlich mit dir reden."

Lina nahm wahr, wie Anja eine angespanntere Haltung annahm. Ihr Gesichtsausdruck wurde ernst.

„Über was genau?", fragte sie.

„Weißt du", sagte Robin, „ich habe Probleme mit Angstzuständen, und auch mit zwischenmenschlichen Beziehungen." Er schaute kurz zu Lina und fuhr fort: „Und gleichzeitig habe ich bemerkt, dass ich nicht die geringsten Erinnerungen an meine frühe Kindheit habe. Inzwischen gehe ich davon aus, dass es da einen Zusammenhang gibt."

Anja nickte langsam und wirkte noch blasser.

„Ich habe so das Gefühl, dass es da irgendetwas geben muss", setzte Robin hinzu, „vielleicht ein traumatisches Erlebnis, das diese Ängste bei mir auslöst. Also, von Papas Unfall abgesehen. Und deswegen habe ich gehofft, dass du mir meine Fragen beantworten kannst."

Wieder nickte Anja, ohne darauf zu antworten. Nach einem längeren Schweigen sagte sie:

„Tja, weißt du, das sind Dinge, über die ich wirklich nicht gerne rede."

„Denkst du denn, du wirst mir meine Fragen trotzdem beantworten?"

Anja überlegte, bis sie erwiderte:

„Bitte gib mir etwas Bedenkzeit. Das Ganze kommt völlig unvorbereitet, und ich muss darüber nachdenken, ob und inwieweit ich bereit bin, mich auf so ein Gespräch einzulassen. Es wird einfach sehr viel aufwühlen – bei uns beiden. Wie lange seid ihr noch hier?"

Robin antwortete, dass sie noch eine gute Woche hatten, bis sie zurückfliegen mussten.

„Okay", sagte Anja. „Wäre es in Ordnung für euch, mir Bedenkzeit zu geben und übermorgen wiederzukommen? Bis dahin entscheide ich, was ich kann und was ich nicht kann."

„Ja, für mich ist es in Ordnung. Ich bin dir ja dankbar, dass du es zumindest schon mal in Erwägung ziehst, mit mir zu reden."

Er schaute Lina fragend an.

„Klar, für mich ist das auch in Ordnung!", entgegnete sie.

„Gut, dann machen wir das so", entgegnete Anja.

„Darf ich dir denn jetzt schon mal eine Frage stellen?"

„Was denn?"

„Ich wüsste gerne, ob ich als Kind schon mal in Vietnam gewesen bin."

„Ja, das bist du."

„Ich habe es gewusst!"

Während sie ihren Spaziergang fortsetzten, redeten sie noch eine Weile lang über unverfängliche Themen. Schließlich kehrten sie zum Tempel zurück und verabschiedeten sich.

15

Die Rückfahrt verbrachten Lina und Robin schweigend. Beide hingen ihren Gedanken nach. Zurück in Hanoi holten sie sich zunächst bei einem Streetfood-Verkäufer vietnamesische Reisgerichte und kehrten damit ins Hotel zurück. Sie setzen sich gemeinsam in Linas Hotelzimmer, und während sie ihre Gerichte verspeisten, sagte sie:

„Ich bin echt erstaunt, wie gut das Gespräch gelaufen ist. Nach dem, was du erzählt hast, hätte ich nicht gedacht, dass sie so herzlich und aufgeschlossen ist."

„Frag mich mal! Ich bin total überrascht. Sie ist ein völlig anderer Mensch."

„Das Leben im Kloster scheint ihr gut zu bekommen."

„Ja. Sieht ganz so aus."

„Meinst du, sie wird sich auf das Gespräch einlassen?"

„Abwarten."

„Und wie geht's dir damit?"

„Es macht mich nervös. Aber jetzt nicht mehr so sehr. Sie ist ja wirklich ganz anders drauf."

„Ich drück dir auf jeden Fall ganz doll die Daumen!“

„Danke!“

Nachdem sie eine Weile schweigend gegessen hatten, schlug Lina vor, den Fernseher anzumachen und zu sehen, ob es irgendwo englischsprachige Nachrichten gab und zu sehen, was in der Welt so los war. Sie zappte durch die Programme, bis sie bei einem amerikanischen Sender gelandet war. Zunächst gab es einen politischen Beitrag über den US-Militärhaushalt. Dann erschienen Bilder einer Überschwemmung, die sich in Pakistan ereignet hatte.

„Shit!“, entfuhr es Robin. Seine Stimme klang erschrocken.

„Was denn?“, fragte Lina.

„Mach das weg! Bitte! Schalt um!“, stammelte er hektisch.

„Oh, entschuldige bitte, das war unaufmerksam von mir. Ich habe ganz vergessen, das mit dem Wasser und so.“

Sie schaltete um und bemerkte, dass Robin äußerst nervös war. Daher stellte sie ihr Essen zur Seite und legte ihre Hand auf seine Schulter.

„Es tut mir leid!“, sagte sie noch einmal.

„Ist schon okay...“

Robin atmete ein paar Mal tief durch, dann stocherte er mit zitternden Händen in seinem Essen herum. Lina dachte nach, und plötzlich schoss ihr ein Gedanke in den Kopf. Sie wandte sich zu Robin und fing an:

„Sag mal… du warst ja als Kind schon mal in Vietnam, wie wir jetzt wissen."

Robin nickte.

„Und was bist du genau für ein Jahrgang?"

„98", erwiderte er.

„Das heißt, im Jahr 2004 warst du fünf oder sechs Jahre alt."

„Ja… aber wieso 2004?"

„Im Dezember 2004 gab es doch den Jahrhundert-Tsunami in Südostasien."

Robin hörte auf zu kauen. Er starrte nachdenklich an die Wand, dann murmelte er:

„Ja, du hast Recht."

„Und? Könnte das was mit dir zu tun haben?"

„Hmm… also, wenn im Fernsehen Bilder vom Tsunami laufen, kann ich das überhaupt nicht ertragen…"

„Also wäre es doch möglich", sagte Lina, „dass ihr das damals miterlebt habt, und dass dein Kindheitstrauma irgendetwas damit zu tun hat, oder? Immerhin würde das deine Angst vor rauschendem Wasser erklären."

„Du hast Recht", sagte Robin. „Das kann wirklich sehr gut sein. Er stellte sein Essen weg und holte sein Handy raus. Nachdem er ein bisschen recherchiert hatte, sagte er schließlich:

„Tja, wie es aussieht, irren wir uns. Vietnam war nämlich gar nicht betroffen von dem Tsunami."

„Wirklich nicht?"

„Nein, jedenfalls nicht annähernd so heftig."

„Hmm..“, machte Lina, überlegte kurz und fügte hinzu: „Wir können deine Mutter ja übermorgen danach fragen.“

„Ja. Das machen wir.“

Da sie einen Tag Zeit hatten, bevor sie wieder zu Anja ins Kloster fahren wollten, überlegten sie, wie sie den folgenden Tag gestalten wollten. Lina schlug vor, die Stadt noch einmal zu verlassen und sich im Umland umzusehen. Dafür bot sich die Gegend rund um die Ortschaft Tam Cóc an. Sie war bekannt für ihre spektakulären Karstfelsen, die aus dem smaragdgrünen Wasser des Ngo-Dong-Flusses ragten. Die Landschaft wurde als "Halong-Bucht an Land" bezeichnet, da sie ähnliche geologische Formationen aufwies wie die Bucht.

„Die Fahrt dauert knapp zwei Stunden“, sagte sie, „und es muss wirklich wunderschön sein dort.“

Sie zeigte ihm Fotos auf ihrem Handy. Man sah zahllose kegelförmige Hügel, die aussahen wie Zuckerhüte, und auf dem türkis schimmernden Fluss schipperten Boote und Kähne. Die Gegend sah verwunschen und surreal aus. Robin zeigte sich angetan von der Idee, und so buchten sie direkt die Busfahrt für den folgenden Tag.

Früh am nächsten Morgen bestiegen sie unweit des Bahnhofs den Reisebus. Nachdem sie Hanoi und seine Vororte hinter sich gelassen hatten, führte die Straße durch eine malerische hügelige Landschaft, die sich bis zum Horizont erstreckte. Sie passierten dichte Wälder, pittoreske Dörfer und Reisfelder, kamen aber auch immer wieder durch weniger ansehnliche, teils arg heruntergekommene Kleinstädte.

Als sie schließlich Tam Coc erreichten, staunten sie über die atemberaubende Kulisse aus Reisfeldern, kleinen Dörfern, Tempeln und den allgegenwärtigen Kalksteinfelsen, die eindrucksvoll in den Himmel ragten.

Sie beschlossen, der Empfehlung von Linas Reiseführer zu folgen, und eine Bootsfahrt zu machen. Robin meinte, dass er damit kein Problem hätte, da es sich beim Ngo Dong ja nicht um einen reißenden Fluss handelte. Sie mieteten ein Ruderboot und schipperten damit über den Fluss. Es wimmelte von Touristen in Kähnen und Ruderbooten, und hier und da sahen sie Fischer in ihren traditionellen Fischerbooten. Als besonderes Highlight führte der Fluss durch drei Höhlen hindurch, die von den Flüssen durch die Felsen geformt waren und an die Luon-Höhle in der Halong-Bucht erinnerten. Die Höhlen waren ziemlich dunkel, flach und schmal, aber als sie herauskamen, wurden sie mit einem atemberaubenden Ausblick auf die umliegenden Berge belohnt.

Tatsächlich war dieses romantische Fleckchen Erde wie eine ländliche Variation der Halongbucht, aber der Reiz dieser einzigartigen Landschaft nutzte sich keineswegs ab. Und so genossen sie die Eindrücke dieses Tages in vollen Zügen, bis der Bus sie wieder zurück in ihr Hotel brachte.

Tags darauf stiegen Robin und Lina in ein *Grab*-Auto, und fuhren wieder Richtung Bac Giang. Eine Weile lang blieben sie schweigsam, bis Lina fragte:

„Und? Was ist dein Gefühl? Wird sie reden?“

„Ich habe absolut keine Ahnung. Und ich bin mir gerade auch gar nicht mehr so sicher, ob ich wirklich so genau wissen will, was passiert ist.“

Lina schaute ihn verdutzt an.

„Ich meine, sie hat ja ziemlich deutlich zum Ausdruck gebracht, dass diese Zeit damals auch sie aus der Bahn geworfen hat. Das wird mir jetzt echt unheimlich.“

Lina nahm seine Hand und sagte:

„Verstehe ich gut. Du kannst ja immer noch entscheiden, ob und wie viel du hören willst. Ihr könnt euch ja langsam an das Thema herantasten, und ihr werdet sehen, wie es euch damit geht. Es kann ja auch sein, dass sie selber gar nicht reden will.“

„Ja. Warten wir es ab.“

Als sie schließlich am Kloster – und dem Wasserfall - angekommen waren, wurde Robin erneut von einer Angstattacke überwältigt, aber Lina kam es vor, als ob sie weniger heftig ausfiel als beim letzten Mal. Es gelang ihr, ihn mit beruhigenden Worten wieder auf den Boden zurückzubringen, und so wandten sie sich zum Eingangsportal.

Sie betraten das Hauptgebäude, gingen zum Empfang und schlugen wieder den Gong, worauf die gleiche Nonne wie beim letzten Mal erschien. Sie grüßte die beiden freundlich und fragte, ob sie wieder Robins Mutter besuchen wollten. Die beiden bejahten, und die Frau verschwand, bis sie einige Minuten später mit Anja zurückkehrte.

Robins Mutter sah übernächtigt aus. Die drei begrüßten sich, und Anja schlug vor, dass sie wieder einen Spaziergang machen könnten. Eine Weile lang liefen sie schweigend den Wanderweg entlang. Schließlich fanden sie eine Parkbank, und Anja schlug vor, dass sie sich dort setzen könnten. Nachdem sie Platz genommen hatten, sagte Robins Mutter:

„Okay... Ich habe ja versprochen, dass ich darüber nachdenke, ob ich mit euch über damals reden möchte. Und ich kann euch sagen: Mir ist diese Entscheidung alles andere als leicht gefallen. Aber es ist so: Ich habe hier in diesem Tempel ein großes Stück inneren Frieden gefunden, und ich denke, ich bin inzwischen bereit, darüber zu reden."

Robin nickte, worauf sie fortfuhr:

„Und schließlich hast du auch ein Recht darauf, zu erfahren, was in deiner Kindheit passiert ist. Also... wenn du auch bereit bist, werde ich reden."

Robin schaute sie unsicher an, überlegte eine ganze Weile lang, bis er sagte:

„Okay. Ich bin bereit."

Ein kurzes Schweigen trat ein. Dann räuspert sich Anja, und sie begann:

„In den Jahren vor unserem Zerwürfnis hast du mich als eine Mutter erlebt, die ziemlich unberechenbar war. Ich war psychisch nicht ich selbst. Und das tut mir unglaublich leid!"

Sie hielt inne, und Robin nahm ihre Hand. Nach einer kurzen Pause fuhr sie fort:

„Aber das war nicht immer so. Als du ganz klein warst, war ich eine ausgeglichene und fröhliche Frau. Robert, also dein Vater, und ich... wir waren ein glückliches Paar. Natürlich hatten auch wir unsere kleinen Konflikte und Streitereien, wie das in jeder Ehe so ist. Aber wir liebten uns sehr, und wir waren füreinander da, wenn es darauf ankam.

Als wir damals Urlaub in Vietnam machten, war das die schönste Zeit meines Lebens. Wir waren eine glückliche Familie, genossen einen traumhaften, sonnigen Urlaub und hatten eine wunderbare Zeit."

Sie hielt inne, schaute Robin in die Augen und sagte dann:

„Ich muss dir jetzt eine Frage stellen, die dich wahrscheinlich verwundern wird."

„Schieß los."

Anja zögerte, und Lina war gespannt, was jetzt kommen würde.

„Nun... wir haben damals nie mehr darüber geredet, und deswegen bin ich mir nicht sicher, ob du es überhaupt noch weißt."

„Ob ich *was* weiß?"

„Dass du einen Bruder hattest."

Robin erstarrte und schaute sie fassungslos an:

„Ich hatte einen Bruder?!"

„Ja. Einen Zwillingsbruder. Ihr wart damals fünf, als wir zusammen in Vietnam waren. Und ihr wart ein Herz und eine Seele."

„Der Junge auf dem Boot!", entfuhr es Robin.

„Was meinst du?", fragte Anja.

„Lina und ich haben eine Bootstour in der Halong-Bucht gemacht. Da kam mir plötzlich eine Erinnerung, und ich habe vor meinem inneren Auge dich und Papa gesehen... und einen kleinen Jungen."

„Ja, das war dann wohl dein Bruder."

Robin rang um Fassung und fragte:

„Wie hieß mein Bruder? Und was ist mit ihm passiert?"

„Sein Name war Tobi. Also eigentlich Tobias."

Robin fiel die Kinnlade runter. Lina spürte, wie es ihr heiß und kalt zugleich den Rücken herunterlief.

„Tobi...", flüsterte Robin. Er starrte vor sich hin. Offenbar versuchte er in seinem Inneren nach Erinnerungen zu suchen.

„Hast du noch deinen Teddy Tobi?"

Robin nickte. Ein langes Schweigen entstand, und er bemühte sich, seiner Verwirrung Herr zu werden.

„Also, was ist damals passiert?", fragte er dann.

„Wir hatten wie gesagt eine wunderschöne Zeit damals. Tatsächlich machten wir eine Bootstour in der Halong-Bucht – und eine Menge anderer schöner Ausflüge. Alles war perfekt. Bis dann dein Vater diese gottverfluchte Idee hatte."

„Welche Idee?"

„Wir hatten uns eines Abends mit einer anderen Familie unterhalten, und die hatten uns von einem Strand erzählt, so traumhaft schön, dass man ihn unbedingt gesehen haben musste. Daraufhin wollte er unbedingt zu diesem Strand fahren. Ich fand die Idee völlig absurd, denn dafür hätten wir einen Flug und ein zusätzliches Hotel buchen müssen. Also habe ich versucht, ihm das auszureden, und wir hatten deswegen Streit. Aber er bestand darauf, und so habe ich schließlich nachgegeben."

„Wo war dieser Strand?", wollte Robin wissen.

„In Thailand."

Robins Mund öffnete sich weit, und er schaute Lina an.

„Wann genau war das mit diesem Urlaub?", fragte Lina.

„Im Dezember 2004", antwortete Anja.

„Der Tsunami!", entfuhr es Robin.

Anja nickte bedeutungsvoll und fuhr fort:

„Wir buchten also Flug und Hotel für vier Tage. Solche Kurztrips sind ja hier in Südostasien nicht annähernd so teuer wie in Deutschland, und da kann man sowas tatsächlich mal machen. Trotzdem fand ich diese Idee vollkommen bekloppt. Wie auch immer: Wir packten unsere Koffer, fuhren zum Flughafen, und dann setzen wir uns in dieses elende Flugzeug, das uns nach Phuket brachte. Mit einem Bus fuhren wir dann weiter zu unserem Hotel. Es war schon Abend, als wir eincheckten, und das Erste, was wir am nächsten Morgen sehen wollten, war natürlich der Strand.

Ich muss zugeben, dass dieser Strand wirklich traumhaft schön war. Es war wie das Paradies. Niemand hätte damals die Idee gehabt, dass etwas Schlimmes passieren könnte. Die Sonne schien, Kinder lachten und spielten am Strand, überall sah man fröhliche Menschen, und dein Vater und ich, wir waren auch wieder versöhnt.

Wir ließen uns nieder auf einer großen Picknickdecke, und ihr beiden Jungs habt im Sand gespielt und eine Burg gebaut. Aber dann... dann spürten wir so ein Vibrieren und Rumpeln im Boden. Ihr zwei Jungs habt das gar nicht mitbekommen. Ich habe deinen Vater gefragt, ob er das auch gemerkt hat. Er meinte nur, das es wahrscheinlich ein Erdbeben sei, aber kein schlimmes. Thailand war ja 700 Kilometer entfernt vom Epizentrum des Seebebens, und deswegen hatte man es bei uns nicht so stark gespürt.

Wir dachten uns also nichts weiter und ließen uns die Morgensonne ins Gesicht scheinen. Aber nach einer Weile fiel uns auf, dass immer mehr Leute aufstanden und mit großen Augen aufs Meer schauten, und so standen wir auch auf und guckten.

Zuerst sahen wir gar nichts, aber dann konnte man in großer Entfernung einen weißen Streifen im Meer sehen. Uns ging es genau wie den anderen Leuten: Wir wunderten uns ein bisschen über diesen ungewöhnlichen Anblick, aber niemand hatte eine Ahnung, dass etwas absolut Katastrophales auf uns zu rollte."

Anja machte eine Pause und atmete tief durch.

„Geht es?", fragte Lina.

Robins Mutter nickte mit einem schwachen Lächeln und fuhr fort:

„Dann wurde das Ganze noch merkwürdiger, denn mit einem Mal fiel uns auf, dass sich das Meer ein ganzes Stück zurückgezogen hatte, so als wäre plötzlich eine sehr, sehr intensive Ebbe entstanden. Immer weiter entfernte sich das Meer von uns, und wir begannen uns zu fragen, was um alles in der Welt da eigentlich los war.

Plötzlich schrie jemand auf Englisch: *Rennt! Rennt! Das ist ein Tsunami!* Nur zögerlich fingen die ersten Leute an, ihre Sachen zusammenzupacken und den Strand zu verlassen. Auch wir wussten nicht so richtig, was da eigentlich passierte, und uns war auch nicht klar, wie gefährlich die Situation tatsächlich war. Aber wir hatten so das Gefühl, dass wir uns der Mehrheit anpassen sollten, und fingen ebenfalls an unsere Sachen zu packen, noch immer einigermaßen entspannt.

Langsam merkte man, dass die Leute immer hektischer wurden, und einige fingen plötzlich an zu rennen. Schreie wurden laut. Innerhalb kürzester Zeit breitete sich Panik aus. Aus der Ferne hörten wir ein Tosen, das immer lauter wurde, und als wir noch einmal zum Meer blickten, wurde uns endlich klar, was da gerade geschah: Eine riesige Welle rollte schäumend und donnernd auf uns zu..."

Anja atmete tief durch, und es dauerte einen Moment, bis sie weiter erzählte:

„Dein Vater schrie: *Nichts wie weg hier!* Wir nahmen euch auf den Arm, dein Vater Tobi und ich dich. Und dann rannten wir. Im Sand war das gar nicht so einfach. Ich hatte panische Angst zu stolpern. Wir versuchten, so schnell wie möglich vorwärts zu kommen. Am Ende des Strandes überquerten wir eine Straße und liefen dann in eine Querstraße, die ins Landesinnere führte, weg vom Strand.

Inzwischen war aus dem Tosen ein beängstigendes Donnern geworden. Ich drehte mich im Laufen um, und ich sah diese monströse, schäumende Welle auf uns zurasen. *Schneller schneller!,* rief ich, und wir rannten, so schnell wir konnten.

Inzwischen hatte die Welle den Strand erreicht und war nur noch wenige hundert Meter hinter uns. Und dann passierte das Schreckliche..."

Sie hielt inne und kämpfte mit den Tränen. Schließlich setzte sie hinzu:

„Plötzlich stolperte dein Vater. Er und Tobi stürzten auf den Boden."

Wieder stockte Anja, und sie atmete schwer. Lina nahm ihre Hand. Nach einer kurzen Pause sprach sie weiter:

„Dem Jungen war nichts passiert, aber dein Vater hatte sich den Fuß verstaucht oder irgendwas Ähnliches und konnte nicht wieder aufstehen. Die Welle war jetzt so nah, dass kein normaler Mensch mehr einen vernünftigen Gedanken hätte fassen können. Ich handelte ohne zu denken. Also rannte ich zu Tobi, mit dir auf dem Arm, packte ihn auf meinen anderen Arm – und genau in diesem Moment traf uns die Welle. Mit einer unbeschreiblichen Wucht packte uns das Wasser und riss uns von den Füßen. Ich schaute zu deinem Vater, und sah nur noch, wie er gegen eine Laterne stieß und danach..." Sie schluckte schwer und entrang sich dann die Worte: „... leblos durchs Wasser trieb."

Ihr kamen die Tränen. Lina nahm sie in den Arm und sagte:

„Mein Gott, das ist so schrecklich!"

„Also war es gar kein Autounfall...", murmelte Robin, der seine Mutter fassungslos anstarrte.

Sie schüttelte den Kopf und weinte. Lina drückte sie fest an sich, bis sie sich einigermaßen beruhigt hatte. Dann sagte sie:

„Ja, das war wirklich schrecklich... aber es war nur der Anfang."

Lina musste schlucken:

„Nur... der Anfang?!", stammelte sie.

„Es kam noch viel schlimmer..."

Anja begann wieder zu schluchzen und bedeckte ihr Gesicht mit beiden Händen.

Eine ganze Weile lang hielt Lina Anja fest, die ihren Tränen freien Lauf ließ.

Und dann, urplötzlich, zuckte Lina zusammen: Robin war aufgesprungen, und in seinem Gesicht malte sich Entsetzen.

„Ich erinnere mich!", entfuhr es ihm, „ich erinnere mich!"

Einen Moment lang starrte er in größter Fassungslosigkeit vor sich hin, dann richtete er den Blick auf seine Mutter, und er begann wütend zu schreien:

„Warum hast du das getan? Warum hast du das getan?"

Anjas Schluchzen wurde heftiger, und nun stürzte sich Robin auf seine Mutter, packte sie beim Kragen, schüttelte sie und rief immer wieder:

„Warum hast du das getan? Warum hast du das getan?"

Er war außer sich vor Wut, Lina musste dazwischen gehen. Sie griff ihn an den Schultern und zog ihn von seiner Mutter weg. Schließlich ließ er sie los, worauf Anja aufsprang und einige Schritte weg lief.

Lina versuchte, Robin zu beruhigen. Sein Gebrüll ging über in ein heftiges Schluchzen. Und immer wieder stieß hervor:

„Warum? Warum?"

Anja rief ihnen zu:

„Bitte entschuldigt mich, ich gehe jetzt lieber..."

Und dann rannte sie weinend zum Tempel, während Lina Robin in den Armen hielt, der am ganzen Körper bebte.

Es dauerte eine ganze Weile, bis er sich einigermaßen beruhigt hatte. Er löste sich von Lina, putzte sich die Nase, dann griff er in seine Hosentasche und holte eine Pillendose raus. Nachdem er sie kurz angeschaut hatte, nahm er eine Pille raus und schluckte sie hektisch und ohne Flüssigkeit.

„Was ist das?", fragte Lina.

„Ein Beruhigungsmittel... ich habe es mir sicherheitshalber verschreiben lassen... schon in Berlin."

Er war mit den Nerven am Ende, zitterte am ganzen Körper, und sein Gesichtsausdruck wirkte vollkommen verstört.

„Möchtest du noch mal mit ihr reden?"

Robin schüttelte den Kopf.

„Sollen wir dann wieder fahren?"

Er nickte. Sie bestellte über *Grab* einen Fahrer, und einige Zeit später saßen sie in einem Wagen und fuhren zurück nach Hanoi. Während der gesamten Fahrt blieb Robin schweigsam und starrte apathisch aus dem Fenster. Nach einer Weile merkte Lina, dass die Pille wirkte: Er hörte auf zu zittern und machte insgesamt einen weniger angespannten Eindruck.

Warum um alles in der Welt hatte er seine Mutter angegriffen und sie gefragt, warum sie das getan hatte? *Was* getan hatte? Was um Gottes Willen war damals passiert? Sie überlegte, ob sie Robin fragen sollte, aber im Moment erschien es ihr das Beste, ihn ganz in Frieden zu lassen. Sie würde auf einen Moment warten, der ihr angemessener erscheinen würde.

Als sie Hanoi erreicht hatten, fragte sie ihn, ob er etwas essen wolle, aber er schüttelte nur den Kopf. Daher kehrten sie ohne Umweg zurück ins Hotel. Robin sagte, dass er müde sei und schlafen wolle.

„Kann ich irgendwas für dich tun?"

Er schüttelte den Kopf und zog sich mit einem kurzen Abschied in sein Zimmer zurück. Durch die Tür sagte sie ihm, dass sie eben kurz rausgehen würde um sich selbst etwas zu essen zu holen. Er sagte nur „okay", und so ging sie zur nächsten Snackbar und holte sich ein Reisgericht, das sie auf ihrem Zimmer verspeiste.

In den nächsten Stunden hörte sie nichts von Robin. Am späteren Abend schrieb sie ihm eine Nachricht, um zu fragen, ob es ihm gut ginge und ob er etwas brauche. Erst eine gute Stunde später antwortete er, dass er nichts brauche, dass er nur ausruhen und schlafen wolle.

„Bitte melde dich, wenn etwas ist!", antwortete sie, „egal um welche Uhrzeit. Ich bin jederzeit für dich erreichbar!"

„Danke!", schrieb er zurück.

Den weiteren Abend verbrachte sie mit Lesen und Fernsehen. Bevor sie sich schlafen legte, schaute sie noch einmal auf ihrem Handy nach, ob sie vielleicht eine Nachricht von ihm verpasst hatte, aber da war keine. Ob alles mit ihm okay war? Sie trat auf den Gang, stellte sich vor seine Zimmertür und horchte. Da sie ihn schnarchen hörte, war sie einigermaßen beruhigt und legte sich selber schlafen.

Am folgenden Morgen klopfte sie an seine Tür, und er antwortete mit schwacher Stimme:

„Komm rein!"

Sie betrat sein Zimmer und fand Robin voll bekleidet auf dem Bett liegen. Offenbar hatte er sich am Vortag direkt hingelegt und nicht mehr ausgezogen. Er sah miserabel aus, war blass und hatte tiefe Schatten unter den Augen. Sein Blick war leer und matt. Neben ihm im Bett saß an die Wand gelehnt sein Teddy Tobi...

„Hast du einigermaßen gut geschlafen?", fragte sie ihn.

Er zuckte mit den Schultern

„Kommst du mit frühstücken?"

Er überlegte, dann nickte er und quälte sich kraftlos aus dem Bett.

Als sie wenig später beim Frühstück saßen, blieb er schweigsam. Auf gelegentliche Fragen antwortete er nur einsilbig. Er hatte sich einen Teller mit irgendeinem vietnamesischen Gericht geholt, stocherte aber nur lustlos darin herum und aß so gut wie nichts. Sorgenvoll schaute Lina ihn an und fragte noch einmal:

„Gibt es nicht irgendetwas, was ich für dich tun kann?"

„Lass mal!", sagte er gereizt. „Es ist schon okay. Wenn irgendetwas ist, dann sage ich das."

„Du möchtest am liebsten deine Ruhe haben, oder?"

„Ja. Ich will heute einfach nur im Zimmer bleiben und mich ausruhen. Aber du kannst gerne ohne mich etwas unternehmen."

„Aber meinst du nicht, dass ein bisschen frische Luft und Abwechslung dir gut tun könnten?"

„Nein."

„Ach, Robin", erwiderte sie und legte die Hand auf seinen Unterarm. Er schaute sie nur mit leerem Blick an, zuckte mit den Schultern und starrte dann auf seinen Teller.

„Na gut", sagte sie schließlich, „ich werde mich hier in der Nähe rumtreiben, aber du musst mir versprechen, dass du mir sofort schreibst oder mich anrufst, wenn irgendetwas ist oder du etwas brauchst, oder wenn ich einfach nur da sein soll, okay?"

Er nickte.

Wenig später begleitete sie ihn zu seinem Zimmer, vergewisserte sich noch einmal, dass es in Ordnung sei, wenn sie ihn allein ließ, und machte sich dann auf den Weg in die Altstadt.

Sie hatte Zeichenutensilien dabei und streifte durch die Straßen und Gassen, um mal hier, mal dort

Skizzen von Gebäuden und Fassaden zu machen, die sie ansprachen und die sie für ihre eigene Arbeit inspirierten. Das Zeichnen lenkte sie ab und half ihr, ein wenig zur Ruhe zu kommen.

Am späten Vormittag setzte sie sich in ein Straßencafé, bestellte einen vietnamesischen Kaffee, und begann darüber nachzudenken, was sie für Robin tun könne. Doch so sehr sie sich auch das Gehirn zermarterte – ihr fiel nichts Sinnvolles ein. Schließlich kam sie zu dem Ergebnis, dass ihr nichts anderes übrig blieb, als Geduld zu haben. Er würde seine Zeit brauchen, um das Ganze zu verarbeiten, und sie konnte nicht mehr tun, als ihm ihre Hilfe anzubieten und für ihn da zu sein, wenn er es brauchte.

Nachdem sie ihren Kaffee ausgetrunken hatte, holte sie an einem Streetfood-Stand Mittagessen für Robin und sich selbst, ging dann zurück zum Hotel und klopfte an seine Tür. Da er nicht antwortete, begann sie, sich Sorgen zu machen. Sie stellte die Tüte mit seinem Essen vor seine Tür und schrieb ihm eine Nachricht. Doch er antwortete nicht.

Noch einmal klopfte sie.

Keine Antwort.

Ratlos blieb sie einen Moment lang vor seiner Tür stehen, dann ging sie in ihr eigenes Zimmer und setzte sich aufs Bett. Was hatte das zu bedeuten? War er vielleicht rausgegangen? Oder... war es etwa möglich, dass er sich etwas angetan hatte? Immerhin war er in einem psychischen Ausnahmezustand. Sie spürte, wie ihre Besorgnis sich in handfeste Angst steigerte. Mit pochendem Herzen ging sie noch einmal zu seiner Tür und klopfte aufs Neue.

Noch immer keine Antwort

Sie klopfte sie ein weiteres Mal, diesmal deutlich lauter.

Stille.

Was sollte sie jetzt tun?

Sie könnte zur Rezeption gehen, dachte sie, und jemanden vom Personal bitten, die Tür aufzuschließen, einfach um zu sehen, ob alles in Ordnung war. Aber war das nicht andererseits eine ziemlich übertriebene Maßnahme? Es war genauso gut möglich, dass er sehr fest schlief. Immerhin hatte er seine Beruhigungsmittel, und die konnten einen ganz schön umhauen.

Aber was, wenn er sie benutzt hatte, um sich... Bei diesem Gedanken schnürte sich ihre Kehle zu. Daher klopfte sie noch ein weiteres Mal laut an die Tür. Daraufhin erklang ein erschrockenes Schnarchgeräusch im Zimmer – und Lina atmete auf.

„Robin?", fragte sie.

Aber statt einer Antwort hörte sie nur ein weiteres Schnarchen. Einigermaßen beruhigt kehrte sie in ihr Zimmer zurück und aß ihr Mittagessen, das inzwischen kalt geworden war.

Am Nachmittag ging sie noch einmal mit ihrem Skizzenblock in die Altstadt und vertrieb sich die Zeit. Abends schrieb sie Robin eine Nachricht:

„Ich bin noch in der Altstadt. Ich bringe dir wieder was zum Essen mit. Hast du einen bestimmten Wunsch?"

„Danke, ich lasse mich überraschen."

Als sie ihm abends sein Essen brachte, war er wach und öffnete die Tür. Er wirkte matt, benebelt und sah furchtbar aus. Es war offensichtlich, dass er unter dem Einfluss des Beruhigungsmittels stand. Sie gab ihm sein Essen und fragte, ob er noch etwas brauche. Er schüttelte den Kopf.

„Wollen wir zusammen essen?", fragte sie.

„Ja. Komm rein."

Sie setzen sich aufs Sofa, und während sie aßen, erzählte Lina von ihrer architektonischen Entdeckungstour. Robin gab sich die Miene, dass er halbwegs interessiert zuhörte, aber es war offensichtlich, dass es ihm viel zu schwer fiel, ihren Worten zu folgen. Trotzdem erzählte sie weiter, einfach nur, um ihm das Gefühl zu vermitteln, dass er nicht alleine war, und um zu verhindern, dass er wieder komplett in seiner tristen Traumwelt versank.

Nachdem sie aufgegessen hatten, fragte Lina:

„Wollen wir vielleicht ein bisschen zusammensitzen? Fernsehen oder so etwas?"

Er schüttelte den Kopf.

Sie überlegte kurz, dann sagte sie:

„Weißt du was? Wenn ich als Kind krank war, da hat meine Mutter mir immer vorgelesen. Ich fand das sehr schön und beruhigend. Was meinst du? Soll ich dir ein bisschen was vorlesen?"

Er schaute sie einen Moment lang mit leerem Blick an, dann nickte er.

Sie ging rüber in ihr Zimmer, holte eins ihrer Bücher, und zurück bei Robin schlug sie vor, dass er es sich auf dem Bett gemütlich machen solle, dann schob sie einen Stuhl daneben und begann. Nachdem sie einige Seiten gelesen hatte, hielt sie inne und fragte:

„Ist das okay so?"

„Ja", antwortete er, und Lina sah in seinem Gesicht den Anflug eines Lächelns.

So verbrachten sie den Rest des Abends, bis Robin eingeschlafen war. Dann ging sie rüber in ihr eigenes Zimmer und legte sich ebenfalls schlafen.

Die restlichen Tage der Reise vergingen so wie der vorige: Lina machte kurze Ausflüge in die nähere Umgebung, besorgte Essen, und immer wieder setzte sie sich zu ihm ans Bett und las ihm vor. Sein Zustand wurde weder besser noch schlechter. Er war gefangen in einer anhaltenden Apathie, immer leicht benebelt von seinem Beruhigungsmittel, und so vegetierte er in einem dauerhaften Dämmerzustand.

Zwischendurch fragte Lina sich, ob es gut sein konnte, dass er so viele von diesen Pillen einnahm, aber dann sagte sie sich, dass es angesichts seines extremen Zustands vielleicht das Beste war – zumindest, bis sie wieder in Berlin waren.

Während der Rückreise kam Robin Lina vor wie ein Zombie. Er war völlig geistesabwesend, starrte mit leeren Augen vor sich hin, und es war Lina so, als hätte seine Seele den Körper verlassen, und der Körper wandle wie von fremde Hand gesteuert durch die Gegend. Allein wäre er außerstande gewesen, sich auf dem Flughafen zurechtzufinden und rechtzeitig den

Flieger zu erreichen. Den Rückflug verbrachte er überwiegend schlafend. Wenn er wach war, spielte er irgendein anspruchsloses Handyspiel.

Als Lina ihn schließlich in seine Wohnung begleitete, half sie ihm noch, seinen Koffer auszupacken, dann bedankte er sich für alles und sagte, er müsse jetzt seine Ruhe haben, und so verabschiedeten sie sich. Lina versicherte ihm ein weiteres Mal, dass er sich jederzeit melden könne, wenn er etwas brauche, und dass sie auf jeden Fall für ihn da sei. Er nickte, und als sie schließlich in ihrer eigenen Wohnung angekommen war, brach sie in Tränen aus.

16

„Und dann hat er sie beim Kragen gepackt und geschüttelt und immer wieder geschrien: *Warum hast du das getan? Warum hast du das getan?*", erzählte Lina aufgeregt ihrer Freundin.

„Meine Güte, das klingt ja schrecklich!", erwiderte Jackie. Gleich für den nächsten Abend hatte Lina sich mit ihr verabredet und war zu ihrem Haus gefahren, um mit ihr über die denkwürdige Reise zu sprechen. Jackie besaß ein sehr schönes Einfamilienhaus im Berliner Südwesten. Sie saßen in Jackies Yuppie-mäßig angehauchtem Wohnzimmer auf ihrem weißen Ledersofa.

„Was hat er denn gemeint mit: *Warum hast du das getan*"?

„Das ist es ja eben: Ich habe nicht die leiseste Ahnung. Er ist dermaßen ausgerastet, dass seine Mutter die Flucht ergriffen hat. Ich konnte sie nicht mehr fragen. Und er selbst hat auch kein Wort mehr mit mir darüber gesprochen."

„Das ist ja total rätselhaft. Aber auf jeden Fall: Was für eine schreckliche Geschichte das alles!"

„Allerdings."

„Jetzt wissen wir zwar noch nicht alles, aber immerhin hast du in groben Zügen herausgefunden, was hinter seinem Problem steckt. Und darauf lässt sich doch aufbauen!"

„Schon, aber wir wissen einen Teil eben auch nicht. Und ich habe so das Gefühl, dass gerade dieser Teil der entscheidende ist. Es scheint so, dass Robin damit absolut nicht fertig wird."

Sie schilderte Jackie, in was für einem beängstigenden Zustand Robin in den letzten Tagen gewesen war.

„Ich mache mir wirklich große Sorgen um ihn."

„Denkst du, er könnte sich was antun?"

„Ich bin mir nicht sicher..."

„Oh Mann, Lina, ich möchte wirklich nicht in deiner Haut stecken."

„Ja, und das Schlimme ist, dass ich mir Vorwürfe mache. Es war einfach ein großer Fehler, ihn ohne professionelle Hilfe mit seinem Kindheitstrauma zu konfrontieren. Er hätte das im Rahmen einer Therapie machen sollen."

„Das wäre wahrscheinlich besser gewesen. Aber das wollte er ja nicht."

Lina ächzte verzweifelt.

„Oh Mann", sagte Jackie, „das alles ist wirklich ganz schön verkorkst. Und was wirst du jetzt tun?"

„Ihm helfen, wo immer ich kann. Und ich werde irgendwie versuchen, ihn zu einer Therapie zu überreden."

„Ich drück dir die Daumen, dass es klappt."

„Danke. Und jetzt lass uns lieber über was Positives reden."

Lina erzählte ihrer Freundin einige Einzelheiten über Vietnam und schilderte ihr, was für ein überraschend schönes und interessantes Land sie da entdeckt hatten.

Schließlich verabschiedeten sich die beiden, denn Lina zog es nach Hause, nicht zuletzt um zu sehen, wie es Robin ging. Zu Hause angekommen schrieb sie ihm eine Nachricht und fragte, ob alles in Ordnung bei ihm sei. Er antwortete mit etwas Verzögerung:

„Ich bin okay."

„Brauchst du was?"

„Nein, danke. Ich will nur schlafen."

Einige Zeit später legte auch sie sich ins Bett und grübelte noch eine Weile, doch der Jetlag sorgte dafür, dass sie bald einschlief.

In den folgenden Tagen sah Lina mehrmals täglich nach Robin. Sein Zustand schien sich immer mehr zu verschlechtern. Er hatte sich bei der Arbeit krank gemeldet, verließ seine Wohnung nicht, ließ sich seine Einkäufe liefern und ernährte sich ansonsten nur von Pizza-Taxi und Co. Nie hatte sie Gelegenheit, länger mit ihm zu reden, weil er sie immer nach kurzer Zeit abwimmelte, mit der Begründung, dass er seine Ruhe brauche. Auch reagierte er immer seltener und mit immer größeren Verzögerungen auf ihre Nachrichten.

Nach einigen Tagen schließlich ließ sie sich nicht mehr abwimmeln. Sie hatte mehrmals bei ihm geklopft, und als er schließlich geöffnet und sie kraftlos begrüßt hatte, sagte sie:

„Robin, wir müssen jetzt unbedingt mal miteinander reden!"

„Was denn?!", fragte er genervt.

„Ich kann das nicht mehr mit ansehen, wie du dich quälst."

„Ich quäle mich nicht. Ich brauche nur meine Ruhe."

„Für mich sieht das nicht aus wie Ruhe brauchen. Für mich sieht das aus, als würde es dir psychisch richtig schlecht gehen. Du brauchst dringend Hilfe!"

„Blödsinn! Ich komme klar. Und ganz bestimmt brauche ich keinen Seelenklempner oder so was!"

„Robin, hör mir bitte zu! Ich weiß, dass diese Konfrontation für dich hart war und dass sie etwas Schlimmes bei dir ausgelöst hat. Du kannst das nicht alleine mit dir ausmachen. Ich sehe, dass es dir von Tag zu Tag schlechter geht, und ich halte das nicht mehr aus, dir dabei zuzusehen!"

„Tja... das ist wohl dann wohl *dein* Problem."

„Robin!", flehte sie, während ihr die Tränen kamen, „bitte lass dir helfen!

„Von irgend so einem Psycho-Quacksalber? Nein danke!"

„Aber warum nicht?!"

„Dass ich meine Mutter wieder gesehen habe und

mich wieder an all diesen Mist erinnern muss, reicht mir schon. Davon brauche ich nicht noch mehr. Und wir beide wissen, wie so eine Therapie aussieht: Dann darf ich die ganze Zeit über diesen verdammten Scheiß reden. Und darauf kann ich wirklich gut verzichten! Ich will nichts weiter als wieder vergessen."

Er sah ihr mit wütend funkelnden Augen ins Gesicht und brüllte:

„Bis vor Kurzem ging es mir gut! Aber dann musstest du mich ja unbedingt dazu überreden, diese dämliche Reise zu machen! Und jetzt habe ich all diese Bilder im Kopf! Vielen Dank dafür!"

„Robin..."

„Und jetzt lass mich in Frieden!"

Er starrte sie an mit einem derart beängstigenden Blick, dass Lina unter Tränen seine Wohnung verließ.

In ihrer eigenen angekommen rief sie direkt Jackie an.

„Ich weiß einfach nicht mehr, was ich tun soll! Es ist so schrecklich! Ich habe Angst, dass er vor die Hunde geht, und dass er sich am Ende wirklich etwas antut. Und das Schlimmste ist: Ich bin schuld daran!"

„Das sehe ich anders!", entgegnete Jackie. „Du bist nicht verantwortlich für seine schlimmen Kindheitserlebnisse. Und ich finde, du hast vollkommen richtig gehandelt ihn dazu zu bringen, sich damit auseinanderzusetzen. Seien wir mal ehrlich: So richtig gut ging es ihm vorher ja auch nicht. Er hatte Panikattacken, Zwangsstörungen und so weiter."

„Ja, aber er hat sein Leben auf die Reihe gekriegt. Jetzt ist er nur noch der Schatten seiner selbst. Jackie, ich muss das irgendwie wieder hinkriegen! Ich muss! Aber ich weiß nicht wie... bitte hilf mir! Was soll ich tun?!"

„Vor allen Dingen: Versuch erstmal, dich wieder zu beruhigen. Du kannst ihm nicht helfen, wenn du selber auch durchdrehst. Jetzt atme mal tief durch und versuche, wieder klar zu denken."

„Ja...", antwortete Lina und nahm ein paar tiefe Atemzüge. Sie hörte auf zu weinen, und nach einer Weile fragte Jackie:

„Besser?"

„Ja."

„Soll ich vorbeikommen?"

„Ja bitte, das wäre echt toll."

Einige Zeit später klingelte ihre Freundin. Lina öffnete ihr, Jackie nahm sie fest in den Arm, dann setzen sie sich ins Wohnzimmer.

„Hör mal", sagte Jackie, „ich habe auf der Fahrt hierher ein bisschen nachgedacht. Und mir ist etwas eingefallen."

„Was?"

„Ich habe vor einiger Zeit eine Doku gesehen über eine neuartige Therapiemethode. Vielleicht könnte das etwas für Robin sein. Ich frage mich, warum ich nicht schon längst darauf gekommen bin."

„Was ist das für eine Methode?"

„Und zwar gibt es in der Schweiz Therapeuten, die Traumatherapie machen und dabei MDMA einsetzen."

„Was ist noch mal MDMA?"

„Ecstasy."

„Oh… okay…“

„Und so, wie es in dieser Doku dargestellt wurde, haben die wohl erstaunliche Erfolge damit. Die behandeln zum Beispiel Soldaten, die aus dem Krieg wiedergekommen sind und unter massiven psychischen Störungen leiden. Die Erfolgsquote ist wohl ziemlich hoch.“

„Wirklich?“

„Ja.“

„Und wozu genau ist das Ecstasy gut?“

„Es fällt den Betroffenen wohl leichter, sich mit ihrem Trauma zu beschäftigen, wenn sie das Zeug genommen haben, weil es sie irgendwie innerlich beruhigt, und sie deswegen besser in der Lage sind, damit klarzukommen.“

„Okay, das hört sich auf jeden Fall erstmal interessant an.“

„Ja, das finde ich auch. Tut mir echt leid, dass ich nicht schon eher darauf gekommen bin. Wahrscheinlich deshalb, weil es in der Doku vor allem um Soldaten und Feuerwehrleute ging.“

„Schon okay. Gut, dass du dich jetzt erinnert hast. Und danke für den Tipp! Ich werde mich damit mal näher beschäftigen.“

Am selben Abend setzte sich Lina an ihren PC und begann zu recherchieren. Bislang hatte sie sich nie für Drogen interessiert. Seit ihr damals nach der Haschpfeife so übel geworden war, hatte sie die Finger von jeder Art Rauschmittel gelassen. Sie war keine ausgesprochene Gegnerin von Drogen, aber sie hatte persönlich einen großen Respekt davor, und so ging sie mit einiger Skepsis an diese Sache heran.

Je weiter sie sich einarbeitete, desto interessanter erschien ihr das Thema. Traumatherapie mit MDMA war eine relativ neue und kontrovers diskutierte Methode der psychotherapeutischen Behandlung von Traumata, insbesondere einer Störung, die den Namen *Posttraumatische Belastungsstörung* trug, kurz PTBS. MDMA war die Abkürzung für eine Substanz mit dem sperrigen Namen 3,4-Methylendioxy-N-Methylamphetamin, besser bekannt als die Partydroge Ecstasy.

MDMA wurde schon in den 1970er Jahren als Hilfsmittel bei psychotherapeutischen Sitzungen eingesetzt. In den 1980er Jahren wurde es jedoch aufgrund des massenhaften Missbrauchs als Partydroge und der damit verbundenen Todesfälle verboten. Und somit war auch der therapeutische Einsatz nicht mehr möglich. In den letzten Jahren hatte es jedoch eine Renaissance erfahren. Unter Studienbedingungen wurde es in der Behandlung von PTBS und anderen psychischen Erkrankungen wie Depressionen und Angstzuständen eingesetzt, und das mit bemerkenswertem Erfolg.

Die Verwendung von MDMA in der Traumatherapie erfolgte unter der Leitung von geschultem und lizenziertem Fachpersonal, und das war beileibe nicht überall möglich. In Deutschland war die Verwendung von MDMA in der Psychotherapie generell illegal. Es gab allerdings Bemühungen, die rechtliche Situation zu ändern und MDMA in begrenztem Umfang für die

Psychotherapie zu legalisieren.

In den USA hatte die Food and Drug Administration (FDA) im Jahr 2021 MDMA als Therapiehilfsmittel für die Behandlung von PTBS als Forschungsvorhaben zugelassen. Es gab aber keine Genehmigung für den regulären Einsatz. Eine ähnliche Regelung gab es in der Schweiz. Dort konnten ausgewiesene Fachleute eine Ausnahmegenehmigung zum forschungsmäßigen Einsatz von MDMA beantragen.

Die Wirkungsweise der Substanz war offenbar so beschaffen, dass sie geradezu prädestiniert war für diese Art der Therapie: Es wirkte als Stimulans im Gehirn und war bekannt für seine speziellen psychoaktiven Eigenschaften: Es bewirkte die Freisetzung von Serotonin, Noradrenalin und Dopamin. Darüber hinaus sorgte es für einen Anstieg des Hormons Oxytocin, das besonders bei stillenden Müttern und bei Verliebten Gefühle von Verbundenheit und Empathie verstärkte. Durch all diese biochemischen Prozesse löste MDMA jenes berüchtigte Gefühl von Euphorie und gesteigerter Empathie aus, wofür die Substanz so bekannt geworden war. Zudem wirkte es angstlösend und förderte positive Gefühle wie Vertrauen und Mitgefühl.

Und genau diese Wirkung war der Schlüssel zur Behandlung von Traumata. Normalerweise wäre es möglich, mithilfe einer konventionellen Psychotherapie ein Trauma zu behandeln. Doch eine große Zahl von Menschen mit PTBS war nicht in der Lage, sich einer solchen Therapie zu stellen – und zwar aus massiver Angst und innerem Widerstand.

Dieser Punkt ließ Lina besonders aufhorchen, denn genau hier lag ja Robins Problem. MDMA hatte offenbar die Kraft, diesen Schutzwall aus Angst zu durchbrechen und die Patienten psychisch zu öffnen. Sie löste die inneren Blockaden und Abwehrmechanismen und machte den Patienten bereit dafür, sich mit der Vergangenheit auseinanderzusetzen, sich den traumatischen Erinnerungen zu stellen, und das ohne von Schmerz oder Angst überwältigt zu werden. Letztlich ging es darum, das Trauma auf diese Art zu verarbeiten und am Ende als normale Erinnerung abzulegen und in die eigene Lebensgeschichte zu integrieren.

Es war also nicht das MDMA selbst, das die seelische Heilung bewirkte. Vielmehr diente die Substanz nur als Unterstützung für den eigentlichen psychotherapeutischen Prozess. Anders als andere Drogen wirkte MDMA nicht auf das Bewusstsein oder das Denken, sondern ausschließlich auf das emotionale Erleben. Es löste und lockerte die Seele und machte sie bereit für eine intensive Auseinandersetzung mit sich selbst. Der Fachbegriff hierfür war *Psycholyse* oder auch *psycholytische Therapie*. An anderen Stellen fand Lina die Bezeichnung *Psychedelika-assistierte Therapie*, kurz: PAT.

So weit klang das alles für sie äußerst vielversprechend. Vielleicht war dies die Lösung für seine Probleme!

Allerdings fand sie auch einige Informationen, die Bedenken bei ihr auslösten, denn der Einsatz von MDMA war nicht risikolos: Zu den häufigsten Nebenwirkungen gehörten Dehydration, Übelkeit, Muskelverspannungen und Kieferkrämpfe. An mehreren Stellen wurde eindringlich davor gewarnt, im Selbstversuch und ohne therapeutische Begleitung MDMA zur Behandlung von Traumata zu verwenden. Denn das konnte unabsehbare Komplikationen und Langzeitschäden verursachen. Auch bestand die Gefahr, dass Betroffene von der Droge psychisch abhängig wurden. Und langfristig konnte der regelmäßige Gebrauch zu Beeinträchtigungen der Gehirnleistung führen wie etwa Gedächtnis- und Konzentrationsproblemen.

Lina dachte nach. Immerhin war Robin Arzt und kannte sich somit sicherlich ganz gut aus mit solchen Substanzen. Er würde also um die Gefahren wissen und entsprechend verantwortungsvoll damit umgehen – hoffentlich. Wie auch immer: Bei allen Risiken war deutlich, dass diese Therapieform inzwischen gut erforscht war. Es gab eine ganze Reihe von Studien, bei denen der therapeutische Einsatz von MDMA bei Trauma-Patienten untersucht worden war, und zwar im direkten Vergleich mit dem Einsatz von Placebos. In allen diesen Studien zeigte sich, dass das MDMA eindeutig funktionierte, und ein großer Teil der Teilnehmenden hatten ihr Trauma danach überwunden, und zwar nachhaltig.

Nun wollte Lina noch wissen: Wie lief so eine Traumatherapie ab? Dazu fand sie einen ausführlichen Artikel: Üblicherweise gehörten drei Sitzungen zu einer solchen Behandlung: Ein ausführliches Vorgespräch mit Anamnese, dann die eigentliche Sitzung mit dem Einsatz der Substanz, und schließlich ein Nachgespräch, das der „Integration" des Erlebten diente.

Während der eigentlichen Sitzung würde der Patient intensive emotionale Unterstützung durch den Therapeuten erfahren. Der Therapeut würde einfühlsam auf den Patienten eingehen und ihm helfen, sich sicher und geborgen zu fühlen und ihn dabei unterstützen, eine positive, optimistische Einstellung zu entwickeln, um so seine traumatische Erfahrung zu überwinden. Natürlich waren die lizensierten Therapeuten bestens informiert über mögliche Komplikationen und Nebenwirkungen und wussten, wie damit umzugehen war.

Am Ende der Sitzung würde der Patient langsam und behutsam aus dem Zustand des MDMA-Hochs herausgeführt. Der Therapeut würde die Sitzung mit einem Gespräch beenden, bei dem der Patient die Erfahrungen der Sitzung reflektieren konnte. Die dritte Sitzung schließlich diente dazu, das Erlebte noch einmal mit Abstand zu reflektieren, einzuordnen und die traumatischen Erinnerungen zu integrieren.

Nachdem sie das alles recherchiert hatte, rauchte ihr der Kopf. Sie brauchte eine kurze Pause, trank etwas, und dann rief sie Jackie an. Sie begrüßten sich, und Lina sagte:

„Danke nochmal für deinen Tipp: Ich habe inzwischen recherchiert wegen dieser MDMA-Therapie."

„Ah, sehr gut! Und?"

Lina fasste zusammen, was sie herausgefunden hatte, worauf Jackie sagte:

„Das klingt doch alles sehr vielversprechend."

„Ja, finde ich auch. Das könnte eine echte Chance für Robin sein, endlich in ein normales Leben zu finden. Allerdings habe ich auch ein paar Bedenken."

„Welche denn?

„Na ja erstmal gibt es ja Nebenwirkungen, und dann habe ich einfach auch irgendwie ein ungutes Gefühl. Man weiß ja nie, was solche Drogen im Kopf anrichten. Was, wenn es bei ihm total daneben geht, und er noch schlimmer drauf kommt? Oder wenn er verrückt wird? Ich meine, ich habe ihn jetzt schon soweit gebracht, dass er in dieses dunkle Loch gefallen ist. Was, wenn ich es noch schlimmer mache?"

„Okay, ich kann diese Bedenken verstehen. Aber andererseits glaube ich, dass sie nicht wirklich begründet sind. Ich denke, dass diese Therapeuten sehr genau wissen, was sie tun. Und ich denke auch, sie wissen, wie man damit umgehen muss, wenn ein Patient so abdriftet, wie du befürchtest. Sieh es mal so: Jetzt gerade ist er in einem Zustand, wie er schlimmer kaum sein könnte, oder? Ich glaube, es kann jetzt nur besser werden. Nach allem, was ich gehört habe, scheint mir das die perfekte Möglichkeit zu sein, ihn zu therapieren. Ich würde der Sache unbedingt eine Chance geben!"

„Tja... vielleicht hast du Recht... Danke für deinen Input. Ich schätze, ich werde dann mal weiter recherchieren und gucken, wo genau man so eine Therapie machen kann. Leider müssen wir dafür ja in die Schweiz fahren."

„Und glaubst du, dass Robin sich überhaupt darauf einlassen wird?"

„Tja, das ist die große Frage..."

„Ich hoffe es für euch beide!"

Lina kehrte zu ihrem PC zurück und setzte ihre Nachforschungen fort. Während sie sich durch die Websites fraß, stieß sie plötzlich auf eine Geschichte, die ihr einen Schrecken versetzte. Da war die Rede von einer Therapie mit psychogenen Substanzen in Berlin. Ein Therapeut hatte eine Gruppentherapie geleitet, und bei dieser Sitzung waren zwei Menschen ums Leben gekommen. Sie waren an einer Überdosis gestorben. Sofort rief sie erneut bei Jackie an und erzählte ihr von dem Bericht.

„Au weia, das ist ja eine üble Geschichte!", antwortete sie. „Schick mir mal den Link. Ich lese mir das auch mal durch."

Nachdem Lina Jackie den Link geschickt hatte, recherchierte sie weiter. Eine knappe halbe Stunde später rief Jackie an.

„Also, ich habe jetzt auch mal meine Nase in das Thema reingesteckt. Du hast Recht, diese Geschichten mit entgleisten Drogentherapie-Sitzungen sind echt erschreckend."

„Ja, allerdings..."

„Aber ich glaube, dass man das absolut unterscheiden muss von dem, was diese Schweizer Spezialisten machen. Das sind ausgewiesene Experten, die sich sehr genau mit der Materie auskennen und Ausnahmegenehmigungen von der Regierung erhalten haben. Diese Leute stehen unter besonderer Überwachung und haben inzwischen viel Erfahrung damit. Im Unterschied dazu haben diese Psycho-Gurus in Berlin ihre Therapien illegal betrieben, und das waren auch Leute, die eher wenig Ahnung hatten, und mal so aus Interesse damit experimentiert haben. Ich glaube wirklich, dass das zwei ganz unterschiedliche Paar Schuhe sind."

„Meinst du, ja?"

„Ja! Bei so einer illegalen Gruppentherapie in Berlin-Friedrichshain würde ich mit Sicherheit auch nicht mitmachen wollen. Das sagt einem ja schon der gesunde Menschenverstand. Bei den Schweizern hingegen weißt du, womit du es zu tun hast, und ich glaube, Robin wäre da mit Sicherheit in guten Händen."

„Ich hoffe, du hast Recht!", entgegnete Lina.

„Du, 100 Prozent sicher weiß ich das alles doch auch nicht. Ich kann ja auch nur ungefähr einschätzen, was ich da im Internet lese. Aber ich habe ein gutes Gefühl. Und wie gesagt, irgendetwas *müsst* ihr ja unternehmen. Ich glaube, wenn Robin sich überhaupt auf irgendetwas einlassen würde, dann auf diese Sache."

„Ich schätze du hast Recht. Ich werde es mir noch mal durch den Kopf gehen lassen."

Sie verabschiedeten sich, und Lina setzte ihre Recherchen fort. Sie fand eine Therapiepraxis, die einen seriösen und Vertrauen erweckenden Eindruck machte, und befand sie als ihren Favoriten.

Allerdings ergab sich nun ein neuer Rückschlag: Offenbar war die Warteliste von Interessenten lang, und eine Behandlung erforderte einen ziemlich umständlichen Genehmigungsprozess, da die Behandlungsform noch im Forschungsstadium und nicht für die breite Anwendung zugelassen war.

Schließlich sagte sie sich: Wenn Robin sich dafür entscheiden würde, dann würden sie irgendeinen Weg finden.

Damit beendete sie ihre Nachforschungen und legte sich einige Zeit später ins Bett. Doch an Schlafen war nicht zu denken. Lina wälzte all das, was sie heute erfahren hatte, in ihrem Kopf hin und her und dachte darüber nach, ob sie Robin diese Sache vorschlagen sollte oder nicht. Doch schließlich beschloss sie, sich an Jackies Einschätzung zu halten und mit Robin darüber zu reden.

Am folgenden Abend nach der Arbeit schrieb sie ihm eine Nachricht, aber er antwortete nicht. Nachdem sie zwei Stunden gewartet hatte, schrieb sie ihm einen Brief:

„Lieber Robin, ich hoffe, dir geht es den Umständen entsprechend einigermaßen gut. Ich bin gerade ziemlich euphorisch. Ich habe nämlich eine Entdeckung gemacht, die dich möglicherweise einen Riesenschritt nach vorne bringen kann. Es gibt da eine neuartige Therapie für Traumapatienten, die es den Patienten ermöglicht, angstfrei und ohne allzu große seelische Schmerzen ihr Trauma zu überwinden. Und zwar geht es um Traumatherapie mit MDMA. Und ich glaube, das könnte genau das Richtige für dich sein. Bitte melde dich mal."

Sie steckte den Brief in einen Umschlag, ging nach oben und schob ihn durch den Türschlitz. Dann klopfte sie und horchte. Da sie zunächst nichts hörte, klopfte sie noch einmal, und es wurden schlurfende Schritte hörbar. Robin sagte, ohne die Tür aufzumachen:

„Ja?!"

„Ich habe dir einen Brief geschrieben", antwortete Lina, „er liegt auf dem Boden."

„Okay...", erwiderte Robin matt, dann verabschiedete sich Lina und ging wieder nach unten. Es dauerte etwa eine Stunde, bis Robin ihr eine Nachricht schrieb:

„Hey... Wenn du willst, komm rauf."

Erneut stieg sie die Treppen hoch, klingelte, und er ließ sie rein. Sie bekam einen Schrecken, als sie bemerkte, wie er aussah. Er wirkte noch blasser und noch übermüdeter als in den Tagen zuvor. Sein Gesicht war eingefallen, und die Schatten unter seinen Augen waren tief wie Mondkrater. Kraftlos führte er sie ins Wohnzimmer, wo sie der nächste Schreck erwartete: Heilloses Chaos, wohin das Auge blickte. Offensichtlich hatte er in den letzten Tagen nicht ein einziges Mal aufgeräumt, geschweige denn geputzt. Alles war zugemüllt und roch nach vergammelten Essensresten.

„Oh Mann, Robin!", sagte sie, und einmal mehr musste sie gegen Tränen ankämpfen.

„Danke nochmal für den Brief“, sagte Robin. „Ich habe von dieser Art Therapie schon mal im Studium gehört.“

„Und?“, fragte Lina.

Er zuckte mit den Schultern.

„Ich habe viel darüber nachgelesen“, sagte Lina. „Ich glaube wirklich: Das ist genau das Richtige für dich! Das MDMA bewirkt, dass du über die Ereignisse von damals reden kannst, ohne dass du von Angst und Schmerz überwältigt wirst. Du kannst dich dem Ganzen mit einem positiven Gefühl stellen, und darin liegt eine große Chance für dich, es zu verarbeiten.“

Sie machte eine Pause und versuchte an seinem Blick zu ergründen, ob sie ihn ein bisschen überzeugen konnte, doch sein Gesicht wirkte teilnahmslos. Sie fuhr fort:

„Als wir bei deiner Mutter waren und geredet haben, da hast du immer wieder gerufen: *Warum hast du das getan?* Ich schätze, da gibt es noch offene Fragen für dich. Und ich glaube, dass diese Therapie eine Chance wäre, diese Fragen für dich zu klären und endlich Frieden zu schließen mit deiner Vergangenheit.“

Nachdem sie geendet hatte, schwiegen die beiden eine Weile lang. Schließlich schaute Robin sie an und sagte:

„Ich weiß nicht mehr, was ich machen soll. Ich bin am Ende. Vielleicht hast du Recht. Vielleicht sollte ich das versuchen...“

„Ja!", rief Lina und fiel ihm um den Hals. Jetzt hielt sie ihre Tränen nicht mehr zurück, und diesmal waren es Freudentränen.

„Da gibt es allerdings noch ein kleines Problem...", sagte sie schließlich, „es ist nicht so leicht, an so eine Behandlung ranzukommen. Es gibt lange Wartelisten."

Robin überlegte und sagte:

„Ich habe da vielleicht eine Idee."

„Was denn für eine?"

„Lass es mich so sagen: Ich kenne jemanden, der eventuell jemanden kennt, der jemanden kennt."

17

Wenige Wochen später saßen sie im Zug Richtung Luzern. Zunächst waren sie nach Zürich geflogen und dort in den Interregio umgestiegen.

Sie hatten das Stadtgebiet Zürichs hinter sich gelassen und fuhren nun durch ländliche Gebiete mit sanften Hügeln und grünen Weiden. Im Hintergrund erhoben sich die beeindruckenden Massive der Luzerner Voralpen, während charmante Dörfer und verschlafene Ortschaften an ihnen vorbeizogen.

Robin hatte seine Beziehungen spielen lassen, und tatsächlich war es ihm gelungen, einen Psychiater in Berlin aufzutreiben, der sich gut auskannte mit der psycholytischen Behandlung und der Kontakte zu den einschlägigen Kollegen in der Schweiz hatte. Er hatte ihn auch dabei unterstützt, das komplizierte

Genehmigungsverfahren zügig über die Bühne zu bringen, und so hatte er es geschafft, einen zeitnahen Termin zu bekommen. Es handelte sich um ein Therapeuten-Ehepaar namens Brunner, dessen Praxis in einer Kleinstadt unweit von Luzern angesiedelt war. Da die Krankenkasse diese Form der Behandlung nicht zahlte, musste Robin auf seine eigenen Rücklagen zurückgreifen.

Es war später Nachmittag, und sie saßen allein in einem Sechserabteil einander gegenüber am Fenster. Lina sah zu Robin hinüber. Versonnen blickte er in die vorüberziehende Landschaft. Noch immer war er in sich gekehrt und ruhig, aber er sah schon deutlich gesünder aus. Die Aussicht auf die Therapie hatte ihn ein wenig aufleben lassen, und so war es ihm gelungen, die Beruhigungsmittel abzusetzen und wieder in einen gesunden Lebensrhythmus zurückzufinden. Er hatte wieder Sport gemacht und sogar Cello geübt. Noch immer galt zwischen ihnen die Vereinbarung, dass sie nur Freunde waren, und dass sie nicht zusammen Musik machen wollten, um nicht aufs Neue in Gefühlswallungen zu geraten, die ihren Vorsatz einer platonischen Freundschaft über den Haufen werfen konnten.

Aber davon, dass er wieder ganz der Alte gewesen wäre, konnte keine Rede sein. Noch immer war er depressiv und in sich gekehrt, auch war er weiterhin krankgeschrieben.

Seit Tagen hatte Lina eine zunehmende Aufregung in ihrem Inneren gespürt. Sie hoffte inständig, dass die Therapie den Erfolg bringen würde, den sie sich davon versprachen. Und auch wenn sie inzwischen überzeugt war von dieser Therapiemethode, so nagte doch immer wieder der Zweifel an ihr, ob sie da nicht doch ein allzu großes und unkalkulierbares Risiko eingingen. Was, wenn irgendetwas schief ging? Wenn er verrückt würde? Wenn der Schmerz in ihm so unerträglich werden würde, dass er sich am Ende des Leben nahm? Würde sie sich so etwas jemals verzeihen können?

Aber sobald solche Gedanken kamen, wischte sie sie beiseite und dachte immer wieder an das, was sie mit Jackie besprochen hatte und auch an das, was sie selbst an Informationen über das Thema zusammengetragen hatte. Das gab ihr das beruhigende Gefühl, dass sie nach allem menschlichen Ermessen auf dem richtigen Weg waren.

Und dann war da noch etwas anderes, das bei ihr für Aufregung sorgte: So sehr es ihr natürlich in erster Linie um Robins Wohlergehen ging, so sehr brannte sie darauf zu erfahren, was an jenem Tag im Dezember 2004 passiert war, nachdem Robin seinen Vater verloren hatte. Noch immer hatten sie nicht darüber gesprochen. Er hatte sich vorbehalten, erst im Rahmen der Therapie darüber zu sprechen. Auf seinen Wunsch hin – und auch auf ihren eigenen – hatten sie die Therapeuten darum gebeten, dass Lina bei den Sitzungen dabei sein dürfte, und das war ihnen zugesagt worden. Auch das machte sie nervös: In was für Zustände würde Robin geraten? Und wie wäre es für sie, das alles mitzuerleben?

Mit einiger Überraschung stellte Lina plötzlich fest, dass Robin sie anlächelte. Er nahm ihre Hand und sagte:

„Mach dir keine Sorgen, das wird schon alles."

„Sehe ich so aus, als würde ich mir Sorgen machen?"

„Ja", lachte er verhalten.

Sie lächelte zurück:

„Lustig, dass auf einmal *du* es bist, der *mich* beruhigt... jedenfalls schön, dass du wieder lachen kannst."

Er nickte.

Schließlich sagte der Schaffner ihren Zielbahnhof an, und so standen sie auf und packten ihre Sachen zusammen. Wenig später stiegen sie aus und verließen den Bahnhof. Dieses Stadtviertel von Luzern machte mit seinen noblen Altbaufassaden einen charmanten und weltläufigen Eindruck. Sie schauten sich einen Moment lang um und fuhren dann mit einem Uber zu ihrem Hotel im Nachbarstädtchen, das unweit der Therapiepraxis gelegen war.

Sie hatten sich eine Unterkunft gesucht, die für Schweizer Verhältnisse einigermaßen erschwinglich war, und zwei Einzelzimmer reserviert. Nun standen sie vor einem ziemlich schlichten Neubauklotz und schauten die Betonfassade hoch.

„Also, unser Hotel in Hanoi war dann doch ein bisschen schicker", sagte Robin.

„Ja, allerdings! Aber egal. Wir sind ja nicht hier, um Urlaub zu machen."

Nachdem sie eingecheckt hatten, bezogen sie ihre beiden Zimmer, die ebenfalls beklagenswert schlicht und zweckmäßig waren. Für den frühen Abend verabredeten sie sich an der Rezeption, um zusammen zum Abendessen zu gehen. Nachdem sie sich eingerichtet und frisch gemacht hatten, trafen sie wie verabredet zusammen und gingen dann in ein rustikales Restaurant in der Nähe des Hotels.

Robin war wieder ziemlich schweigsam. Immer wieder versuchte Lina, mit unverfänglichen Themen ein bisschen Smalltalk in Gang zu bringen, aber das wollte nicht recht gelingen. Im Gegensatz zum Nachmittag wirkte er jetzt nicht mehr ganz so zuversichtlich, sondern nachdenklich und verhalten.

Nachdem sie fertig gegessen hatten, zahlten sie und kehrten zum Hotel zurück. Obwohl es noch nicht allzu spät war, wollte Robin schon schlafen gehen.

„Ist alles okay?“, fragte Lina.

„Ja, alles okay. Ich bin bloß müde von der Reise.“

„Okay, dann gute Nacht!“

„Gute Nacht und bis morgen.“

Für Lina war es noch zu früh zum Schlafen, und so verbrachte sie den Rest des Abends mit Lesen, bis auch sie schläfrig wurde.

Am folgenden Morgen trafen sie sich beim Frühstück. Robin sah reichlich unausgeschlafen aus. Nachdem sie sich am Buffet bedient hatten, setzten sie sich zusammen und begannen zu essen. Nach einigen lustlosen Bissen legte Robin sein Besteck zurück auf den Tisch und sagte:

„Ich kann das nicht machen."

„Was, frühstücken?"

„Nein. Die Therapie."

„Wie bitte?!"

„Ich habe gestern noch lange wach gelegen und nachgedacht. Und jetzt bin ich zu dem Schluss gekommen, dass das nicht meine Sache ist. Es geht mir doch inzwischen wieder ziemlich gut, und ich glaube, dass es nicht so eine gute Idee ist, jetzt noch mal den gleichen Fehler zu machen wie in Vietnam."

„Okay...", sagte Lina gedehnt. Auch sie hatte aufgehört zu kauen und schaute ihn fassungslos an.

„Das heißt also, wir gehen in den nächsten Tagen ein bisschen in den Bergen spazieren und fahren dann wieder nach Hause?"

„Ja. Warum nicht?"

Lina versuchte, passende Worte zu finden, und nach einem kurzen Schweigen sagte sie:

„Du musst es wissen. Es ist allein deine Entscheidung. Wenn du dich nicht danach fühlst, dann ist es wahrscheinlich besser, du lässt es bleiben."

Sie ließ ihm Gelegenheit zu antworten, aber er nickte nur. Nach einer weiteren Pause sagte sie:

„Aber vielleicht darf ich einen kleinen Vorschlag machen."

„Klar."

„Warum gehen wir nicht ganz unverbindlich zu dem Termin? Wir reden wie geplant mit den Therapeuten. Heute ist ja ohnehin nur das Vorgespräch. Du hast bei der Gelegenheit die Chance, deine Bedenken vorzutragen und dir anzuhören, was die sagen. Und dann kannst du immer noch überlegen, ob du es machen willst oder nicht. Was meinst du?“

Robin dachte eine Weile lang nach, dann sagte er:

„Okay. Klingt vernünftig.“

„In den Bergen spazieren können wir auch noch danach“, sagte Lina mit einem Augenzwinkern.

Nach dem Frühstück machten sie sich zu Fuß auf den kurzen Weg. Die Praxis lag in einem urigen Altbau mit hohem Giebel und sonnengelben Fensterläden und machte von außen einen freundlichen und einladenden Eindruck.

Lina konnte sehen, dass Robin die Hand zitterte, als er den Klingelknopf drückte. Kurz darauf wurde die Tür geöffnet, und vor ihnen stand eine schlanke Frau, die Anfang vierzig sein mochte und sie mit einem strahlenden Lächeln begrüßte. Sie hatte mittellange Locken, trug eine modische weiße Brille und weiße Jeans zu einer gelben Bluse.

„Herzlich willkommen in der Schweiz!“, sagte sie mit einem sympathischen und gut verständlichen Schweizer Akzent. „Mein Name ist Angelika Brunner, und ich bin der weibliche Part im Therapeutenteam. Und Sie sind Herr Fischer?“

Robin bejahte und stellte auch Lina vor. Die drei begrüßten sich, und die Therapeutin sagte:

„Kommen Sie doch bitte mit durch!“

Durch einen schmalen Korridor führte sie sie ins Behandlungszimmer. Es war ein weitläufiger Raum mit zwei Bereichen: Es gab eine Sitzgruppe mit vier bequemen Ledersesseln rund um einen Couchtisch auf der einen Seite und auf der anderen ein gemütlich aussehendes Bett mit Nachttisch, neben dem zwei Stühle standen.

„Nehmen Sie doch bitte Platz. Mein Mann kommt auch gleich", sagte sie. „Kann ich Ihnen etwas zu trinken anbieten?"

„Wasser wäre nett", antwortete Robin.

„Für mich auch bitte", sagte Lina.

Frau Brunner verließ das Zimmer, und einen Augenblick später hörten die beiden eine Tür gehen, und die Therapeutin sprach im anderen Raum mit einem Mann. Kurz darauf kamen sie gemeinsam ins Behandlungszimmer. Robin und Lina standen zu seiner Begrüßung auf. Er war etwa im selben Alter wie seine Frau, hatte einen gepflegten Vollbart, während sein Haupthaar kurz geschoren war, und er trug eine braune Brille, die in seinem freundlichen Gesicht einen interessanten Akzent setzte.

„Grüezi!", sagte der Therapeut, ebenfalls mit Schweizer Akzent. „Ich bin Doktor Brunner, und wir werden in den nächsten Tagen viel Zeit miteinander verbringen, od'rr?"

Er hatte den Satz beendet mit jenem typisch schweizerischen *Oder?*, das am Ende des Satzes gesagt wurde und *nicht wahr?* bedeutete. Auch er hatte ein bemerkenswert freundliches und gewinnendes Lächeln. Beide strahlten sie eine ungewöhnliche Offenheit und Herzlichkeit aus, sodass Lina auf Anhieb das beruhigende Gefühl hatte, dass Robin hier in den besten Händen war.

Während Frau Brunner den Gästen Wasser einschenkte, bat ihr Mann die beiden, wieder Platz zu nehmen. Er fragte sie zunächst, ob sie eine gute Anreise gehabt hätten, und sie machten ein bisschen Smalltalk. Auch seine Frau schaltete sich immer wieder mit fröhlichen Bemerkungen ein.

„Dann wollen wir beginnen, od'rr?“, sagte Doktor Brunner schließlich, „sind Sie bereit?“

„Ja“, sagte Robin, und fügte hinzu: „Allerdings muss ich Ihnen gleich sagen, dass ich seit letzter Nacht doch erhebliche Bedenken habe, ob das alles hier eine gute Idee ist. Ich habe mit meiner Begleiterin besprochen, dass wir zunächst mit Ihnen reden, und dass ich am Ende des Tages entscheide, ob ich diese Behandlung wirklich durchziehen werde.“

„Danke, dass Sie mir das sagen. Und das ist ein guter Plan, den Sie da gefasst haben. Sehen Sie, mich überrascht das nicht so besonders, weil es durchaus öfter vorkommt, dass unsere Klienten kurz vor der Behandlung kalte Füße bekommen. Und das ist auch völlig in Ordnung. Lassen Sie uns miteinander sprechen, und dann sehen wir weiter, od'rr?“

Robin nickte.

„Nun weiß ich natürlich schon aus den Papieren, warum Sie uns aufgesucht haben, aber ich würde Sie bitten, Ihr Anliegen noch einmal persönlich darzustellen. Wo drückt bei Ihnen der Schuh?“

Einen Augenblick lang fragte sich Lina, ob diese Formulierung nicht ein wenig salopp war für so eine ernste Sache wie ein Trauma, aber eigentlich empfand sie das sogar als angenehm, weil es die angespannte Situation auflockerte.

Robin nickte, überlegte kurz und skizzierte dann in groben Zügen seine Geschichte. Er sprach von seinen Angstzuständen und Zwängen, von seinen Problemen im Umgang mit Menschen und mit Beziehungen, erzählte von seinem problematischen Verhältnis zu seiner Mutter, die er jahrelang nicht gesehen hatte, und sagte dann, dass seine Kindheit bis vor Kurzem komplett ausgelöscht gewesen war.

Die beiden Therapeuten hatten jeweils ein Klemmbrett auf dem Schoß und machten sich Notizen. Robin machte eine längere Pause, in der er tief durchatmete, und schließlich schilderte er kurz, wie er zusammen mit Lina seine Mutter in Vietnam aufgesucht hatte, und dass nun einige Erinnerungen zurückgekommen seien. Er erzählte von seinem Déjà-vu auf dem Ausflugsboot in der Halong-Bucht und den Erinnerungen an den Tsunami.

Dic beiden Therapeuten blickten auf, und der Doktor fragte:

„Das heißt also, in diesen Momenten haben Sie sich zum ersten Mal seit vielen Jahren an diese Ereignisse erinnert?"

„Ja", sagte Robin.

„Und das hat Sie emotional sehr aufgewühlt?"

„Ich möchte es mal so formulieren: Ich wurde von einem emotionalen Tsunami weggerissen."

„Das ist eine sehr treffende Formulierung", gab der Doktor zurück, „ich habe ja in den Unterlagen gelesen, dass Ihr Kindheitstrauma etwas mit dem Tsunami von 2004 zu tun hatte. Ist das richtig?"

Robin bejahte. Er hatte in den Bewerbungsunterlagen in kurzen Worten über den Tsunami geschrieben, ohne auf Einzelheiten einzugehen.

„Es fällt Ihnen schwer, über dieses Thema zu reden, das ist deutlich spürbar."

Robin nickte.

„Mit Ihrer Mutter hatten Sie früher nie darüber geredet?"

Robin schüttelte den Kopf.

„Also totgeschwiegen… Es ist eine gute Sache, dass Sie sich entschieden haben, zu uns zu kommen, um über dieses Thema zu reden. Denn das ist die Voraussetzung, dass Sie den Schmerz verarbeiten und hinter sich lassen können.

Sehen Sie, das MDMA wird bei Ihnen bewirken, dass die Ängste und der Schmerz, die das Sprechen über das Thema begleiten, sich ein wenig auflösen, und Sie werden die emotionale Freiheit bekommen, sich noch einmal damit auseinanderzusetzen, ohne dass diese schlimmen Emotionen sie wegreißen wie ein Tsunami."

Er erläuterte ausführlich, wie das Medikament wirkte und erzählte dann von früheren Behandlungen, in denen eine Vielzahl von Klienten erstaunliche Durchbrüche und Heilungen erlebt hatten, und dass diese Menschen nicht selten zuvor genau solche Befürchtungen gehabt hatten wie Robin jetzt. Er fügte noch hinzu, dass sie hier diverse medikamentöse Möglichkeiten hatten, um einzuschreiten, falls Robin in emotionale Ausnahmezustände geraten sollte, welcher Art auch immer. Diese Medikamente hätten sie zur Sicherheit da, sie hätten sie aber so gut wie nie zum Einsatz gebracht, weil die Therapie mit MDMA solche Ausnahmezustände gerade verhinderte.

„Sie sehen also, Herr Fischer, dass Sie hier in einem vollkommen sicheren und geschützten Rahmen sind, und dass Ihnen nichts Schlimmes passieren kann. Im Gegenteil. Wenn unsere Behandlung erfolgreich ist, und ich bin davon überzeugt, dass sie das sein wird, dann werden sie sich bald wie ein ganz neuer Mensch fühlen, od'rr?"

„So wie Sie das sagen, klingt es gut", erwiderte Robin.

Doktor Brunner nickte lächelnd und fügte hinzu:

„Jetzt haben wir schon gut gearbeitet und uns eine Mittagspause verdient. Wenn Sie mögen, können wir gemeinsam einen Happen essen. Meine Frau hat ihren berühmten Wurstsalat gemacht. Aber vielleicht wollen Sie auch lieber unter sich sein. Draußen gibt es mehrere Möglichkeiten, eine Kleinigkeit zu essen."

Robin und Lina waren sich einig, dass sie sich sehr freuen würden, den Wurstsalat zu probieren und so wechselte die Gruppe in die Küche, wo ein Esstisch bereit stand. Die vier verbrachten die Mittagspause schlemmend und mit lockeren Plaudereien.

Nach dem Essen zeigten die beiden Therapeuten Robin und Lina das Gästezimmer, in dem er in den folgenden zwei Nächten übernachten könne, wenn er wolle. Die Therapeuten würden in der Nähe sein und für alle Fälle bereitstehen.

Sodann kehrten sie ins Behandlungszimmer zurück und setzten das Therapiegespräch fort.

Doktor Brunner begann:

„Bitte wundern Sie sich nicht, dass meine Frau meist nur schweigend dabei sitzt. Wir teilen uns immer so auf, dass entweder sie oder ich die Hauptarbeit macht. Das ist vor allem auch für die Klienten von Vorteil."

„Okay, verstehe."

Der Therapeut stellte einige Fragen, um noch ein bisschen genauer herauszufinden, was mit Robin los war. Das Gespräch drehte sich um Robins Ängste vor Wasser und seine Zwänge in Hinblick auf Wasserhähne. Schließlich sagte Doktor Brunner:

„Bitte seien Sie doch so nett und erzählen Sie mir etwas genauer, welche Probleme sie mit Beziehungen haben. Also, ich rede jetzt von partnerschaftlichen Beziehungen."

Lina horchte auf und war gespannt, was er hierauf sagen würde. Robin dachte kurz nach, und antwortete dann:

„Beziehungen dauern bei mir nie lang. Am Anfang ist alles schön, aber sobald ich anfange, Gefühle für eine Frau zu entwickeln, bekomme ich Angst. Meistens passiert das schon nach kurzer Zeit, nach ein paar Wochen oder so.

„Was für Angst bekommen sie?"

„Keine Ahnung... Angst, betrogen zu werden. Angst, hintergangen zu werden. Angst, sie wieder zu verlieren. Angst, im Stich gelassen zu werden. Angst vor Trennungsschmerz..."

„Und was passiert dann, wenn Sie diese Angst haben?"

„Dann trenne ich mich. Ich weiß schon, das ist ganz schön bekloppt. Aus lauter Angst vor einer Trennung trenne ich mich."

„Ja, das ist paradox", entgegnete der Therapeut. „Aber nur auf den ersten Blick. Sehen sie, wir hören genau das sehr häufig von unseren Klienten."

„Es ist halt so", fügte Robin hinzu, „am Anfang, wenn ich beginne, Gefühle zu entwickeln, dann ist die Trennung zwar schmerzhaft, aber eben nicht so schmerzhaft, wie sie sein könnte, wenn ich erst richtig emotional in der Beziehung drinstecke. Genau das ist damals bei meiner ersten großen Liebe passiert. Ich war sechs Monate mit dieser Frau zusammen – sehr lang für meine Verhältnisse – und hatte große Gefühle entwickelt. Dann kamen zuerst die Ängste, dann Streitereien mit der Frau, und am Ende die Trennung. Und der Trennungsschmerz war die pure Hölle. Es war mit die schlimmste Zeit meines Lebens. Und genau das möchte ich einfach nie wieder erleben."

„Wie kam es zu dieser Trennung? Sagen Sie einmal ganz konkret, was für Ängste Sie hatten und was Sie getan haben."

„Ich hatte Angst, sie zu verlieren oder betrogen zu werden. Daraus entwickelte sich Eifersucht. Ich hatte Probleme damit, wenn sie mit ihren Freundinnen ausging oder sich mit anderen Männern unterhielt. Ich weiß schon, dass das nicht okay ist. Aber ich konnte eben nicht aus meiner Haut. Naja, und dann hatten wir deswegen immer öfter Streit. Und nach einer Weile kam meine Freundin damit nicht mehr klar und hat sich getrennt."

Der Therapeut nickte und sagte:

„Ich gehe stark davon aus, dass diese Ängste nach unserer Behandlung weniger werden, genau wie die Eifersucht."

„Ich hoffe!", gab Robin zurück.

Als Lina all das hörte, verstand sie noch ein bisschen besser, was mit Robin los war. Sie war froh, dass sie hier dabei sein konnte, und spürte in diesem Moment eine große Dankbarkeit, dass er sie daran teilhaben ließ. Sie rechnete jeden Moment damit, dass der Therapeut auch nach Robins Beziehung zu ihr fragen würde, aber das passierte nicht. Offenbar hatte er dafür irgendwelche therapeutischen Gründe.

Das weitere Gespräch drehte sich darum, inwieweit Robins Ängste sein Leben außerhalb von Beziehungen beeinträchtigten, ob er irgendwelche Suchtmittel konsumierte oder zu viel Alkohol trank, und sie sprachen darüber, dass Robin mit seiner beruflichen Karriere und seinen Hobbys Cello und Sport gute Möglichkeiten gefunden hatte, auf konstruktive Art mit seinen inneren Kämpfen umzugehen, dass er aber auch eine Neigung hatte, sein Leben damit so sehr zu überfrachten, dass keine Zeit mehr für irgendetwas anderes blieb, wie etwa für Freundschaften oder eine Liebesbeziehung.

Schließlich wechselte der Therapeut das Thema und begann zu erklären, wie der weitere Ablauf der Therapie aussehen würde und klärte ihn über mögliche Risiken und Nebenwirkungen auf. Zu guter Letzt fragte er Robin, ob er noch Fragen zu dem Procedere hätte. Als Robin verneinte, sagte er:

„Sind sie denn nun zu einer Entscheidung gekommen?"

„Tendenziell ja", entgegnete Robin, „aber ich würde gerne noch eine Nacht darüber schlafen, und zwar im Hotel. Ich sage Ihnen morgen früh meine endgültige Entscheidung, wenn das für Sie okay ist."

„Aber natürlich!", erwiderte Doktor Brunner. Er gratulierte Robin für die erfolgreiche Absolvierung des ersten Therapietages und dankte für seine Offenheit und Mitarbeit, dann verabschiedeten sich alle, und Lina und Robin gingen zurück zum Hotel.

Nachdem sie sich frisch gemacht hatten, gingen sie fürs Abendessen wieder in das Restaurant vom Vorabend. Dort ließen sie die Therapiesitzung Revue passieren und waren sich einig, dass sie großes Glück hatten mit dem Therapeutenpaar und fanden beide ausgesprochen sympathisch, kompetent und vertrauenerweckend. Am späten Abend schließlich kehrten sie zurück zum Hotel und wünschten sich eine gute Nacht.

18

Als Lina und Robin am folgenden Morgen im Hotel beim Frühstück zusammentrafen, fragte sie:

„Und? Hast du dich entschieden?"

„Ja. Ich machs."

„Gott sei Dank!“ Sie umarmte ihn und drückte ihm einen Kuss auf die Wange:

„Ich wünsche dir von Herzen, dass alles gut läuft!“

Nachdem sie aufgegessen hatten, machten sie sich auf den Weg zur Therapiepraxis. Diesmal war es Doktor Brunner, der die Tür öffnete. Er begrüßte die beiden mit seiner unnachahmlichen Herzlichkeit und stellte Robin dieselbe Frage wie Lina ihm beim Frühstück gestellt hatte. Als Robin bejahte, sagte der Therapeut:

„Ich freue mich sehr, dass Sie diese Entscheidung getroffen haben. Bitte kommen Sie doch rein.“

Er führte die beiden zum Behandlungsraum, wo Frau Brunner bereits wartete und die beiden herzlich begrüßte. Der Therapeut bat die zwei, Platz zu nehmen, und fragte Robin, wie es ihm ging.

„Ich bin ziemlich nervös. Und ich hoffe, dass alles gut geht.“

„Ja, das ist ganz normal, dass sie nervös sind, od'rr? Das geht den meisten so. Und natürlich wird es gut gehen. Sie werden sehen. Haben Sie denn noch weitere Fragen? Robin überlegte und sagte:

„Nein. Ich wüsste nichts.“

„Gut“, sagte Doktor Brunner, „dann habe ich jetzt eine Frage an Sie: Es ist in der Psychotherapie üblich, dass man sich untereinander siezt. Das ist sozusagen ein ungeschriebenes Gesetz, und es soll zum Ausdruck bringen, dass wir keine freundschaftliche Beziehung haben, sondern eine professionelle. Allerdings bin ich in den vergangenen Jahren dazu übergegangen, meine zu fragen, ob sie das *Du* bevorzugen würden. Denn was wir miteinander erleben, ist so persönlich, dass es sich für mich und auch für viele meiner Klienten ganz und gar unnatürlich anfühlen würde, sich zu siezen. Daher meine Frage. Wie möchten Sie es halten?"

„Ich bin für das *Du*."

„Also gut. Ich bin der Mike, und meine Frau heißt Angelika."

Robin nannte der Vollständigkeit auch noch mal ihre Vornamen. Dann sagte der Therapeut:

„Gut, wenn jetzt alle Fragen geklärt sind, können wir loslegen od'rr?"

„Gerne."

„Ich schlage vor, dass du es dir erstmal auf dem Bett bequem machst, und dann bekommst du das MDMA und hast die Möglichkeit, zur Ruhe zu kommen. Und dann warten wir ab, bis die Substanz wirkt."

„Gut."

Robin stand auf, zog sich seine Schuhe aus und legte sich aufs Bett.

„Hier gebe ich dir eine Schlafbrille und würde dich bitten, sie später aufzusetzen."

Angelika kam zum Bett und reichte Robin zwei Pappbecher. Der eine enthielt das MDMA, der andere Wasser.

„Also, wenn du bereit bist, dann lade ich dich ein, das MDMA zu nehmen. Nur keine Angst. Du wirst sehen, es wird sich gut anfühlen."

Robin nickte, dann nahm er es ein.

„Wenn du möchtest, kannst du jetzt auch ein bisschen Musik hören, um dich zu entspannen. Hast du etwas mitgebracht?"

„Ja, auf dem Handy."

„Darf ich fragen, was?"

„Zur Entspannung höre ich gerne Dvořák. Am Liebsten die Serenade für Streicher."

„Oh ja, die ist sehr schön. Gute Wahl. Ich habe hier einen Kopfhörer mit Noise Cancelling für dich."

„Dankeschön!"

Robin holte sein Handy heraus, stöpselte den Kopfhörer ein, und der Therapeut sagte:

„Also, dann entspann dich gut."

Robin lächelte Lina zu, setzte den Kopfhörer auf, zog die Schlafbrille über die Augen und machte es sich auf dem Bett bequem. Die beiden Therapeuten und Lina saßen um das Bett herum auf ihren Stühlen und warteten schweigend.

Für Lina wurde die Wartezeit bald zu lang, und so holte sie ihrerseits ihr Handy raus und hörte mit ihren Ohrenstöpseln einen Podcast. Etwa eine halbe Stunde später erhob sich Mike von seinem Stuhl und berührte Robin sanft am Arm, der daraufhin die Schlafbrille hochzog und den Kopfhörer abnahm.

„Wie fühlst du dich, Robin?"

Der Angesprochene begann breit zu lächeln und sagte mit einem Gesichtsausdruck schläfriger Seligkeit:

„Es ging mir nie besser!"

Mike lachte:

„Siehst du, ich habe dir nicht zu viel versprochen, od'rr?"

„Nein", lachte Robin.

„Magst du mal dein Gefühl beschreiben?", fragte der Therapeut.

„Ich weiß nicht, wie ich das ausdrücken soll. Ich fühle mich wunderbar geborgen bei euch. Ihr seid so tolle Menschen, und ihr seid so gut zu uns... wie soll ich sagen? Wir kennen uns noch gar nicht so lange, aber ich habe euch schon total ins Herz geschlossen. Es ist einfach schön hier zu sein!"

Lina erkannte ihn kaum wieder. So warmherzig und gefühlvoll hatte sie ihn nie reden hören.

„Danke", sagte Mike, „und es ist schön, dass ihr beide hier seid. Bist du noch ein bisschen nervös?"

„Nein, überhaupt nicht. Ich fühle mich absolut entspannt."

„Sehr gut. Ich glaube, dann können wir anfangen."

„Ja, gerne."

„Dann möchte ich dich als erstes einladen, eine kleine Zeitreise zu machen und an deine frühe Kindheit zu denken, also an die Zeit *vor* dem Dezember 2004. Kannst du die eine oder andere Erinnerung abrufen? Robin schloss die Augen und schwieg eine ganze Weile lang, bis er sagte:

„Nein. Da ist nichts."

„Okay, dann frage ich anders. Du hattest gestern erzählt, dass du auf dem Boot in Vietnam deinen Bruder gesehen hast. Und auch den Rest deiner Familie. Kannst du diese Erinnerung wieder hervorrufen?"

Wieder überlegte Robin, und dann lächelte er:

„Ja. Ich bin wieder auf dem Boot. Und Tobi ist da, und meine Eltern."

„Wie fühlst du dich dabei?"

„Es ist schön. Es ist, als würden wir uns nach einer sehr, sehr langen Zeit wiedersehen. Ich rieche wieder den Schiffsdiesel in der Luft und höre das Tuckern des Motors. Tobi und ich halten uns an der Reling fest und spüren den Fahrtwind in unserem Gesicht. Wir lachen."

Robin fuhr fort, die Szenerie zu beschreiben, und es war deutlich, dass er in seiner Erinnerung einen schönen, unbeschwerten Urlaubstag erlebte.

„Und jetzt, wo du deinen Bruder wiedersehen kannst... fallen dir da noch andere Momente mit ihm ein?"

Robin schwieg eine Weile und sagte dann:

„Ja... wir toben im Schnee. Wir bewerfen uns mit Schneebällen und fangen mit der Zunge Schneeflocken."

Auch diese Erinnerung schilderte Robin voller Glück, und dann beschrieb er, wie er mit seinem Bruder zusammen im Garten spielte und wie sie sich gegenseitig mit dem Gartenschlauch nass spritzten. Daraufhin bat Mike ihn, auch frühe Erinnerungen mit seinem Vater und seiner Mutter abzurufen. Robin schien es jetzt immer müheloser zu gelingen, sich an eine ganze Reihe von Szenen zu erinnern. Schließlich fragte Mike:

„Wie fühlst du dich damit, dass du diese Erinnerungen wiedergefunden hast?"

Robins Stimme wurde spröde, und er sagte:

„Ich bin glücklich. So als hätte ich einen lange verloren geglaubten Schatz wieder ausgegraben."

Mike schlug Robin vor, sich noch eine Weile lang diesen Erinnerungen hinzugeben und sie auszukosten. So verging noch eine ganze Zeit, in der Robin schweigend vor sich hin lächelte und immer wieder Eindrücke mit den drei anderen teilte.

Lina war zu Tränen gerührt, Robins offensichtlich tief empfundenes Glück mitzuerleben. Dies war ziemlich genau das, dachte sie, was man als einen magischen Moment bezeichnen mochte.

Schließlich sagte Mike:

„Möchtest du vielleicht mal eine Pause machen? Und einen Happen essen?"

„Ja gerne."

„Wir hätten wieder Wurstsalat da oder auch belegte Brötchen. Und ich schlage vor, dass wir ganz formlos hier im Raum essen, damit du gemütlich auf dem Bett bleiben kannst."

Robin und Lina waren damit einverstanden, und so pausierten sie und ließen sich Angelikas leckeren Wurstsalat schmecken. Nach dem Essen gab der Therapeut Robin noch eine Viertelstunde Zeit, sich wieder ein bisschen zu entspannen und bat ihn daher, die Schlafbrille noch einmal aufzusetzen und ein bisschen Musik zu hören.

Sodann fragte er Robin, ob er bereit wäre, sich dem schwierigen Teil seiner Erinnerungen zuzuwenden. Robin zögerte einen Moment lang und nickte schließlich.

„Dann sei doch bitte so gut und erzähle mir, was damals passiert ist."

Robin fing an, das wiederzugeben, was Lina und er von seiner Mutter gehört hatten: Dass die Familie im Urlaub in Vietnam gewesen sei und dass der Vater seine Mutter überredet hatte, gemeinsam nach Thailand zu fahren, um dort einen berüchtigten Traumstrand zu sehen. Während er erzählte, kamen ihm zunehmend eigene Erinnerungen zu Bewusstsein. Er sah sich mit seiner Familie im Bus sitzen, sah die Landschaft vorbeirauschen, und dann sah er, wie die Familie zum Strand ging und wie sie dort eine schöne Zeit hatten. Ihm kamen sogar eigene Erinnerungsbilder wieder, wie er mit seinem Bruder im Sand spielte.

Und dann veränderte sich seine Stimmfarbe. Er schilderte, wie die Leute mit einem Mal begannen, zum Meer hinaus zu schauen und wie sie plötzlich eine merkwürdige Welle sahen. Er erzählte, wie Panik ausbrach und die Leute losrannten.

Dann hielt er inne. Sein Körper zitterte, und sein Gesicht drückte eine heftige Aufregung aus. Lina konnte ihm ansehen, wie er all den Horror von damals aufs Neue erlebte. Mit zitternder Stimme sprach er davon, wie sein Vater stolperte und vom Wasser erfasst wurde, und wie er danach leblos durchs Wasser trieb.

An dieser Stelle brach Robin in Tränen aus. Er weinte bitterlich, sein ganzer Körper bebte. Lina stand auf, setzte sich zu ihm und umarmte ihn. Er klammerte sich fest an sie und schluchzte, bis ihre

Bluse von seinen Tränen klatschnass war. Nach einer Weile hatte er sich beruhigt, und Lina fragte:

„Gehts wieder?"

Er nickte, und so stand sie auf und setzte sich wieder auf ihren Platz.

„Ist es in Ordnung, wenn wir weitermachen, Robin?", fragte Mike. „Oder möchtest du eine Pause machen?"

„Nein, ich möchte weitermachen."

Er putzte seine Nase, wischte sich die Tränen aus dem Gesicht und fuhr fort:

„Bis zu diesem Punkt hat meine Mutter uns die Geschichte erzählt, als wir bei ihr im Kloster in Vietnam waren. Und dann bin ich ausgerastet."

„Also das war der Augenblick, wo du deine Mutter am Kragen gepackt und durchgeschüttelt hast, richtig?", fragte Mike.

„Genau, das war der Moment."

Lina richtete sich in ihrem Stuhl auf. Alles in ihr verlangte danach, zu erfahren, was damals in Thailand weiter geschehen war.

„Warum warst du so wütend auf deine Mutter?"

„Wegen der Erinnerung, die mir in diesem Moment gekommen ist."

„Welche Erinnerung war das? Was hast du gesehen?"

Linas Herz klopfte. Robins Aufregung war mit Händen zu greifen. Nervös fuhr er sich durch die Haare. Einen Augenblick lang fragte Lina sich, ob sie lieber den Raum verlassen sollte, denn nun war sie selbst es, die Angst hatte vor dem, was da kommen mochte. Und immerhin hatte sie selbst ja *kein* MDMA eingenommen.

„Um uns herum sind Leichen, die durch das tosende Wasser treiben. Wir haben Angst. Meine Mutter weint. Wir alle weinen. Und dann... passiert es..."

Er sprach nicht weiter. Nach einer Weile sagte Mike:

„Was passiert? Sprich es aus. Sprich es dir von der Seele."

Robin zitterte am ganzen Körper. Er rang um Atem. Dann sagte er:

„Sie hat Tobi losgelassen."

Sein Gesicht drückte Fassungslosigkeit aus, und er setzte hinzu:

„Warum hat sie das getan?"

Einen Moment lang herrschte Schweigen im Raum, bis Mike fragte:

„Wieso denkst du denn, dass deine Mutter ihn *losgelassen* hat?", wollte Mike wissen. „Kann es nicht sein, dass er ihr versehentlich entglitten ist?"

„Nein! Ich habe es gesehen. Sie hat ihn mit voller Absicht losgelassen. Er hat geschrien vor Angst. Und dann ist er ertrunken..."

Mike schwieg einen Moment lang, bevor er erwiderte:

„Ich möchte dich noch mal fragen: Was bringt dich zu der Annahme, dass sie das *mit Absicht* getan hat?"

„Ich habe es genau gesehen. Ich bin mir ganz sicher. Sie hat es mit voller Absicht getan!"

Robin war jetzt so aufgeregt, dass er vom Bett aufsprang und nervös im Raum auf und ablief.

„Sie hat ihn getötet! Vor meinen Augen!"

„Robin, hör mir bitte zu!", sagte Mike. „Ich möchte, dass du jetzt für einen Augenblick die Sichtweise des kleinen Robin in Thailand aufgibst und deine Perspektive wechselst, okay? Und nun versuchst du, mit den Augen des erwachsenen Robin über diese Situation nachzudenken, okay?"

Robin nickte, während er weiter nervös im Raum auf und ablief.

„Nehmen wir also an", setzte Mike wieder an, „dass du es richtig wahrgenommen hast, und dass sie es mit Absicht getan hat. Könnte es einen Grund gegeben haben, warum sie das getan hat?"

Robin dachte angestrengt nach, und seine Schritte wurden langsamer.

„Weißt du, Robin", fuhr Mike fort, „ich war ja nicht dabei. Aber ich stelle mir diese Situation so vor: Deine Mutter schwimmt mit ihren zwei Kindern in den Armen auf einer reißenden Tsunamiwelle, umgeben von Toten, die im Wasser treiben. Wenn ich mir das vor Augen führe, dann frage ich mich, wie sie es *überhaupt* geschafft hat, mit euch beiden über Wasser zu bleiben. Das grenzt schon an ein Wunder."

Er pausierte, offenbar um Robin die Chance zu geben, sich das zu vergegenwärtigen. Lina hätte kaum sagen können, wie lange Robin nachdachte, bis er schließlich hervorbrachte:

„Vielleicht... hatte sie keine andere Wahl..."

„Ja, das vermute ich auch. Sprich es aus! Was könnte passiert sein?"

„Vielleicht hat sie erkannt, dass sie eine freie Hand brauchte, um sich irgendwo festzuhalten, um so wenigstens *eins* ihrer Kinder zu retten...“

„Siehst du? Das wäre auch meine Vermutung. Hat sie deinen Bruder vielleicht losgelassen, damit sie sich festhalten konnte, um wenigstens *dich* zu retten? Könnte es so gewesen sein?“

Robin nickte.

Eine ganze Weile lang sagte niemand ein Wort.

„Erinnerst du dich, was als nächstes passiert ist?“, wollte Mike wissen.

Robin überlegte und sagte:

„Wir treiben im Wasser. Meine Mutter greift nach einem Treppengeländer und hakt sich mit dem Unterarm daran fest, ich bin immer noch in ihrem anderen Arm. Von oben kommen Leute und ziehen uns hoch... Wir sind raus aus dem Wasser! Wir sind gerettet! Meine Mutter schreit und weint. Ich weine auch.“

Erneutes Schweigen.

Schließlich meinte Mike:

„Also, ich habe keine Kristallkugel, Robin, aber nach dem, was du erzählst, klingt es ganz so, als hätte deine Mutter dich gerettet. Und dafür musste sie Tobi opfern. Sonst wärt ihr alle drei ertrunken.“

Robin nickte, und dann begann er erneut zu weinen. Sein ganzer Körper bebte. Lina nahm ihn wieder in den Arm und hielt ihn fest.
Als er sich ausgeweint hatte, setzte er sich aufs Bett.

„Wie geht es dir jetzt damit?“, fragte Mike.

„Ich weiß nicht, was ich sagen soll“, erwiderte Robin. Er dachte nach, dann sagte er: „Als mir in Vietnam diese Erinnerung kam, da habe ich die ganze Geschichte mit den Augen des kleinen Robin gesehen, und der hat nicht verstanden, was damals passiert ist. Er hat nur gesehen, dass seine Mutter seinen Bruder losgelassen hat und ihn mit Absicht hat sterben lassen."

„Wie hast du dich damals gefühlt?", fragte Mike. „Nachdem all das passiert war, meine ich."

„Ich... ich hatte Todesangst... ich war verloren..."

„Warum?"

„Weil... meine Mutter war nicht mehr dieselbe."

„Inwiefern?"

„Von dem Tag an hatte ich Angst, dass sie mich auch loslassen würde. Dass sie mich im Stich lassen würde."

„Warum hattest du diese Angst?"

„Weil ich das mit Tobi gesehen habe."

„Und gab es noch andere Gründe?"

„Und weil meine Mutter tatsächlich nicht mehr dieselbe war. Sie hat oft geweint und geschrien. Auch viel später noch. Ich erinnere mich, dass sie manchmal den ganzen Tag im Bett gelegen hat. Ich erinnere mich, wie ich versuche, sie aus dem Bett zu ziehen, aber sie schreit mich an und schickt mich weg."

Eine Pause entstand.

Dann sagte Mike:

„Lass uns doch auch das mal mit den Augen des erwachsenen Robin betrachten. Versetze dich in deine Mutter. Sie hat gesehen, wie ihr Mann ertrunken ist. Sie hat einen Sohn geopfert. Kannst du dir vorstellen, was in in deiner Mutter vor sich gegangen ist?"

Robin schüttelte den Kopf und sagte:

„Das ist so schrecklich, dass ich es mir nicht vorstellen möchte."

„Ich bin sicher, dass eine Mutter, die so etwas erlebt, durch die Hölle geht und dass sie wahrscheinlich Jahre brauchen wird, um das zu verarbeiten. Wenn du mir erzählst, dass deine Mutter oft geschrien und geweint hat und viel im Bett lag, dann klingt das für mich so, als hätte sie massiv mit ihrem Trauma zu kämpfen gehabt. Vermutlich war sie zwischenzeitlich immer wieder depressiv. Auf jeden Fall hatte sie nicht die Kraft, voll und ganz für ihr Kind da zu sein.

Vielleicht war deine Angst also durchaus angemessen, dass sie dich loslassen oder im Stich lassen konnte. Aber nicht mit Absicht. Sondern weil sie mit den Kräften am Ende war. Du hast in deiner Kindheit in größter Unsicherheit gelebt. Du hast eine Mutter erlebt, die nicht mehr sie selbst war. Und natürlich hast du viel Angst gehabt um sie und um dich selbst."

Robin nickte.

„Ohne Frage ist das alles Spekulation. Und natürlich kann nur deine Mutter dir sagen, ob es wirklich so war. Aber es scheint mir plausibel zu sein."

„Ja", sagte Robin.

„Und kannst du verstehen, dass sie als Mutter nicht richtig für dich da sein *konnte*, selbst wenn sie es sich inständig gewünscht hätte?"

„Ja."

Eine Weile lang schwiegen beide, bis Mike fragte:

„Kannst du ihr verzeihen?"

Robin nickte, und Lina sah, wie ihm erneut Tränen über das Gesicht liefen. Sie stand auf, um ihn zu halten, und so verweilten sie eine Weile lang.

Schließlich sagte Mike, dass es gut wäre, wenn sie an dieser Stelle eine Pause einlegen würden, um etwas zu trinken und das Geschehene sacken zu lassen. Anschließend schlug er vor, dass Robin noch einmal zu den schönen Erinnerungen zurückkehren sollte, die er heute wieder zum Leben erweckt hatte.

„Ich denke, es wäre heilsam für dich, wenn du die Chance nutzt, diese Erinnerungen noch einmal auszukosten, damit du sie für die Zukunft in deinem Herzen bewahrst."

„Ja", sagte Robin. Und so legte er sich wieder aufs Bett, setzte Schlafbrille und Kopfhörer auf und gab sich seinen Erinnerungen hin.

Es war früher Abend, als Mike Robin sanft wieder in die Realität zurückholte und ihn fragte, ob es ihm gut ging.

Robin nickte lächelnd.

„Ich bin sehr stolz auf dich!", sagte Mike. „du hast dich deinem tiefsten Schmerz gestellt und du hast dich tapfer geschlagen. Ich glaube, dir ist heute ein großer Durchbruch gelungen. Denkst du das auch?"

„Ja, ich glaube schon."

„Sehr gut. Ich denke, dass wir für heute Schluss machen können. Ich möchte dir empfehlen, heute Nacht hier zu bleiben und im Gästezimmer zu schlafen. Wir werden die ganze Zeit in der Nähe bleiben, und du kannst uns jederzeit ansprechen, wenn etwas ist. Wir wohnen ja auch hier in diesem Haus. Ist das in Ordnung für dich?“

„Ja, klar.“

Daraufhin sagte Lina:

„Dann werde ich mich wohl mal verabschieden“,

Sie stand auf, nahm Robin noch einmal in den Arm und sagte:

„Ich bin auch wahnsinnig stolz auf dich. Das war so mutig, was du heute gemacht hast, und ich glaube das war wirklich richtig gut für dich.“

„Danke dir, für alles!“

Sie verabschiedeten sich, und Lina kehrte erschöpft, aber zuversichtlich gestimmt ins Hotel zurück.

Am folgenden Vormittag ging Lina wieder zur Praxis, sie begrüßte alle, und dann begann das Therapeutenpaar die Abschlusssitzung. Mike und Robin ließen noch einmal das Geschehene vom Vortag Revue passieren und reflektierten die wichtigsten Momente und Erkenntnisse. Wie sich zeigte, waren Robin alle Erinnerungen vom Vortag erhalten geblieben – auch die schönen. Schließlich fragte Mike:

„Wie geht es dir jetzt mit all dem? Mit was für einem Gefühl fährst du wieder nach Hause?“

„Mir geht es gut. Natürlich bin ich aufgewühlt. Wie soll ich sagen... ich fühle mich sozusagen emotional verkatert. Aber ich weiß, dass es sehr gut war, was passiert ist, und ich habe jetzt ein ganz anderes Gefühl zu meiner Mutter. Ich möchte sobald wie möglich noch mal nach Vietnam fliegen und mit ihr über alles reden.“

„Ja. Das wird bestimmt gut sein. Und es ist wichtig, dass du auch nochmal von *ihr* hörst, wie sich die ganze Geschichte abgespielt hat, um die Gewissheit zu haben, dass es so war, wie wir es gestern besprochen haben. Und auch, um sie noch besser zu verstehen."

Robin nickte.

„Ich möchte auch nochmal betonen, dass es wirklich wichtig für dich ist, die Therapie in Berlin fortzusetzen – natürlich dann ohne das MDMA, sondern als klassische Psychotherapie. Ich bin mir sicher, dass du dann wirklich deinen Frieden finden kannst, od'rr?"

„Ich hoffe es."

19

Zwei Wochen später saßen Lina und Robin im *Grab*-Auto Richtung Bac Giang. Ihnen war es gelungen, sehr kurzfristig eine Vietnamreise für eine Woche zu buchen. Robin war noch immer krankgeschrieben und somit zeitlich flexibel gewesen. Lina indessen hatte mit ihrem Chef reden und um eine zusätzliche Woche Urlaub bitten müssen. Zunächst hatte sie befürchtet, dass es einen ungünstigen Eindruck machen würde, wenn sie in ihrem neuen Job gleich mit so vielen Urlaubsanfragen ankäme, aber dann hatte sie sich entschieden, offen mit ihrem Chef zu reden. Sie hatte ihm in groben Zügen erzählt, wie es um Robin stand und dass er Hilfe benötigte. Der Chef hatte sich verständnisvoll gezeigt, und da sie ihr erstes Projekt so erfolgreich abgeschlossen hatte und zur

Zeit ohnehin nicht unentbehrlich war, hatte er zugestimmt.

Sie hatten es geschafft, sehr günstige Last-Minute-Flüge zu bekommen und hatten sogar wieder zwei Zimmer in ihrem Hotel in Hanoi ergattern können.

Robins Zustand hatte sich nach der Therapie in der Schweiz deutlich verbessert. Zwar hatte er in den Tagen danach matt und entkräftet gewirkt, aber es war unübersehbar, dass seine Grundstimmung sich um 180 Grad gedreht hatte.

Sie fuhren durch die sonnige Hügellandschaft, die Lina inzwischen beinahe vertraut erschien. Sie sah Robin an. Er schaute schweigsam aus dem Fenster. Als er ihren Blick bemerkte, wandte er sich ihr zu und lächelte.

„Alles okay?“, fragte Lina.

„Ja. Ich meine, ich bin natürlich ein bisschen aufgeregt. Ich hoffe, dass es nicht wieder so eskaliert wie beim letzten Mal.“

„Ich bin sicher, es wird gut laufen!“

Diesmal kamen sie nicht unangemeldet zu Robins Mutter. Vor der Reise hatte er im Kloster angerufen und mit ihr gesprochen, um sich anzukündigen. Er hatte nur kurz angedeutet, dass er eine therapeutische Maßnahme hinter sich gebracht und einen Durchbruch erzielt hatte. Anja hatte sich überrascht gezeigt, dass Robin extra nochmal nach Vietnam kommen wollte, hatte es aber begrüßt, dass er sie noch einmal zu einer Aussprache treffen wollte.

Als die zwei am Kloster ausstiegen und der Wasserfall sie mit seinem lauten Tosen begrüßte, schaute

Lina zu Robin rüber, um zu sehen, wie es ihm damit ging. Er wirkte nervös, aber nicht panisch. Im Innenhof des Klosters trafen sie kurz darauf mit Anja zusammen, und die drei begrüßten sich.

„Ich bin wirklich froh, dass du nochmal gekommen bist!", sagte Robins Mutter. „Unsere letzte Begegnung war ja doch ein bisschen turbulent. Wie geht es dir denn?"

„Mir geht es ganz gut, und dir?"

„Auch ganz gut. Natürlich war ich nach unserem Gespräch ziemlich durcheinander, und es hat Einiges aufgewühlt. Aber inzwischen bin ich wieder ganz gut beieinander, und es ist ein passender Zeitpunkt, um nochmal zu reden."

„Lass uns das machen."

Sie verließen das Kloster und machten einen Spaziergang. Sie nahmen einen anderen Weg als beim letzten Mal. Als sie zu einer Gruppe Felsen kamen, schlug Anja vor, sich dort zu setzen, und so nahmen sie Platz.

Anja fing an: „Du hast am Telefon angedeutet, dass du inzwischen eine Therapie gemacht hast."

„Genau." Robin erzählte in aller Kürze von dem speziellen Therapiekonzept und sprach davon, dass ihn diese Sitzungen ein gutes Stück vorwärts gebracht hatten.

„Und was genau habt ihr denn besprochen?", wollte Anja wissen.

„Da möchte ich jetzt noch nicht drauf eingehen. Mir wäre es wichtig, ein paar Sachen erstmal aus *deiner* Sicht zu hören, wenn es für dich okay ist."

Anja zögerte und sagte dann:

„Okay, wenn du mir versprichst, dass du mir nicht wieder an den Kragen gehst."

Robin lachte matt:

„Nein, das wird schon nicht passieren."

„Gut."

„Du weißt ja noch, bis zu welchem Punkt du mir die Geschichte letztes Mal erzählt hast, richtig?"

„Ja natürlich."

„Ist es in Ordnung für dich, wenn du von diesem Punkt an zu Ende erzählen würdest?"

„Okay."

Sie schwieg einen Moment, um ihre Gedanken zu sortieren. Sie wirkte sehr nervös. Schließlich sah sie ihren Sohn an und begann:

„Ich werde diesen Moment niemals vergessen. Er war der schlimmste meines Lebens. Zu sehen, wie dein Vater durchs Wasser trieb.... Ich war außer mir vor Entsetzen und Fassungslosigkeit. Und gleichzeitig trieben auch wir selbst durch das reißende Wasser, und ich hatte solche Angst, dass jemand von uns ertrinkt. Ich klammerte euch beide so fest an mich, wie ich konnte, und es ist mir bis heute ein Rätsel, wie es mir überhaupt gelungen ist, mit euch beiden über Wasser zu bleiben."

Sie hielt inne und atmete tief durch, bevor sie fortfuhr:

„Es war klar, dass ich eine Möglichkeit finden musste, mich irgendwo festzuhalten. aber natürlich ging das nicht. Mit meinen Armen hielt ich euch beide umklammert.

Plötzlich sah ich ein Haus mit einem Treppengeländer, an dem ich mich festhalten konnte. Von dort aus hatten wir eine Chance, aus dem Wasser rauszuklettern. Und da waren auch Leute auf der Treppe, die versuchten, Menschen aus dem Wasser zu ziehen. Die Rettung war zum Greifen nah. Aber genau das war das Problem. Greifen war unmöglich. Und dann wurde mir schlagartig klar, dass es nur eine Chance gab: Ich würde nur dann eine Hand frei bekommen, wenn ich einen von euch beiden loslassen würde."

In diesem Moment begann sie zu schluchzen. Robin nahm ihre Hand. Anja atmete tief durch und fuhr fort:

„Ich hatte kurz überlegt, ob nicht einer von euch den anderen hätte halten können, aber ihr wart noch zu klein... Mir war klar, dass ich keine andere Wahl hatte: Ich musste einen von euch aufgeben. Und das Schlimmste war, dass ich die Entscheidung treffen musste, welchen von beiden."

Wieder unterbrach sie sich schluchzend.

„Willst du lieber aufhören?", fragte Robin besorgt.

Sie schüttelte den Kopf. Als sie sich nach einem kurzen Moment wieder gefangen hatte, sprach sie weiter:

„Es hat mich innerlich zerrissen. Ich glaube, das, was ich in diesem Moment erlebt habe, war das Schlimmste, was eine Mutter überhaupt erleben kann."

Robin nickte, auch er hatte Tränen in den Augen.

„Ich hatte nicht viel Zeit. Es war eine Frage von Sekunden. Ich traf also meine Entscheidung... für dich."

Lange Stille.

„Warum für mich?“, fragte Robin schließlich.

„Ich weiß nicht... das war eine völlig spontane Entscheidung, ganz aus dem Bauch heraus. Ich habe euch beide gleichermaßen geliebt. Und doch war mein Mutterherz dir irgendwie näher als deinem Bruder.“

Sie schwieg eine Weile lang, bis sie fortfuhr:

„Nun hatte ich die eine Hand frei, und tatsächlich gelang es mir, das Geländer zu erwischen und mit dir zusammen aus dem Wasser raus zu kommen. Ich hätte froh sein können, dass ich wenigstens einen meiner Söhne gerettet hatte. Aber das war ich nicht. Ich konnte mir nicht verzeihen, was ich getan hatte. Natürlich weiß ich heute, dass mir keine andere Wahl geblieben war, und dass ich das Richtige getan hatte. Aber damals konnte ich das nicht so sehen. Damals hat es mich zerrissen, und ich kam all die Jahre nicht darüber hinweg. Ich war zerstört.“

Für eine Weile sagte niemand etwas. Schließlich fuhr sie fort:

„Und ich weiß, ich war keine gute Mutter für dich. Du hattest deinen Vater verloren und deinen Bruder. Du hättest eine Menge Liebe, Trost und Zuwendung gebraucht. Aber ich war zu durcheinander und zu sehr mit meinem eigenen Schmerz beschäftigt, als dass ich dir all das hätte geben können.“

„Ich verstehe das“, brachte Robin mit erstickter Stimme hervor.

„Und das ist auch der Grund, warum wir nie wieder über diese ganze Geschichte geredet haben. Und warum ich den Autounfall erfunden habe. Ich wollte nichts anderes als vergessen. Ich habe damals Beruhigungspillen genommen, und ich weiß heute, wie schlimm das war, dass ich mich betäubt habe und dich allein gelassen habe. Aber ich konnte nicht anders."

Anja sah ihn an, nahm seine Hände in die ihren, schaute ihm in die Augen und sagte:

„Robin, es tut mir so unendlich leid, dass ich keine bessere Mutter für dich sein konnte. Und jetzt, wo du alles weißt, möchte ich dich aus tiefstem Herzen um Verzeihung bitten. Ich weiß, das ist viel verlangt, aber ich -" Sie konnte nicht weitersprechen, weil Robin sie unterbrach, indem er sagte:

„Ich verzeihe dir, Mama. Ich verzeihe dir."

Sie standen auf und nahmen sich in den Arm. Lina hätte nicht sagen können, wie lange diese Umarmung dauerte. Schließlich setzten sie sich wieder, und beide wischten sich Tränen aus den Augen.

„Ich bin froh, dass wir endlich darüber geredet haben", sagte Anja. „Es hat mich in den letzten Jahren zunehmend geschmerzt, dass es uns auseinandergerissen hat. Aber ich war einfach nicht bereit."

„Ja, ich bin auch froh. Und ich will mich auch bei dir entschuldigen. Ich habe dir als Teenager das Leben auch nicht leicht gemacht."

„Dafür musst du dich nicht entschuldigen. Du warst noch ein Kind und konntest nicht aus deiner Haut."

„Trotzdem bitte ich dich um Entschuldigung."

„Okay, angenommen."

„Ich bin auch froh, zu sehen, dass es dir heute besser geht als damals", sagte Robin, „es scheint, als hättest du deinen Frieden gefunden – auch ohne Therapie."

„Ja, ich habe meinen Frieden gefunden. Für mich war das Beten und das Meditieren hier im Kloster die beste Therapie. Und ich habe viele Gespräche geführt mit einer der Nonnen, die eine gute Freundin für mich geworden ist. Ihr habe ich mich anvertraut. Für mich war es die Weisheit des Buddha und der edle achtfache Pfad, was mir die Heilung gebracht hat."

Robin nickte.

„Ich hoffe, dass wir ab jetzt in Kontakt bleiben", sagte Anja.

„Ja, das werden wir! Ganz bestimmt. Und es war auch nicht das letzte Mal, dass wir uns in Vietnam getroffen haben. Ich habe das Land inzwischen ins Herz geschlossen. Im Übrigen sind wir ja noch ein paar Tage hier, und wir haben noch ein bisschen Zeit, uns auszutauschen."

„Ja, das werden wir!"

20

An ihrem vorletzten Tag in Vietnam fuhren Robin und Lina an die Küste unweit der Stadt Ha Long und flanierten auf einem Wanderweg mit Blick auf die Halong-Bucht. Es war ein schöner, wolkenloser Tag, die Sonne glitzerte im Meer und ließ die Drachenfelsen in heiterem Licht erstrahlen. An einer besonders eindrucksvollen Stelle blieb Lina stehen und sagte:

„Guck mal, von hier aus sehen die Inseln tatsächlich aus wie ein schlafender Drache. So wie in der Legende, von der uns der alte Mann erzählt hat."

„Stimmt! Die perfekte Stelle für ein Selfie."

„Du meinst: für ein Selfie mit Beiwerk!"

Sie lachten, dann stellten sie sich mit dem Rücken zur Bucht auf, und Lina machte ein Foto von ihnen. Als sie es ansahen, sagte Robin:

„Das ist mindestens so gut geworden wie das Bild, das wir *Unter den Linden* gemacht haben."

„Stimmt", sagte Lina und schaute ihn bedeutungsvoll an. „Das war überhaupt ein sehr schöner Abend."

„Ja, das war er..."

Eine Weile lang sahen sie sich verlegen in die Augen. Schon glaubte Lina, dass Robin sie küssen würde, aber sie hoffte vergeblich. Schließlich räusperte er sich, und sie gingen sie wortlos weiter, bis er sagte:

„Weißt du, was lustig ist?"

„Was denn?"

„In den alten Geschichten ist es doch immer so, dass die Prinzessin gefangen gehalten wird, und dass der Ritter den bösen Drachen bezwingen muss, um die Prinzessin zu befreien."

„Stimmt... und?"

„Naja, und bei uns war es das Gegenteil: Bei uns war es *der Ritter*, der vom Drachen gefangen gehalten wurde, und die *Prinzessin* kam, um ihn zu befreien."

„Kannst du mal sehen!", lachte Lina. „In mir schlummert eine echte Superheldin!"

„Weißt du was? Ab jetzt nenne ich dich *Wonder Woman*!"

Lina prustete los, dann sagte sie:

„Aber das stimmt so nicht. Nicht *ich* habe den Drachen bezwungen, sondern wir haben das *gemeinsam* geschafft. Als Team."

„Meinst du, ja?"

Lina blieb stehen, schaute ihm in die Augen und sagte:

„Ja, das meine ich! *Alles* geht besser im Team als alleine."

Er schaute sie an und nickte schließlich.

„Denkst du nicht, es könnte sich lohnen, es mal auszuprobieren?", fragte sie, „so richtig, meine ich?"

Für einen Moment sah er sie schmunzelnd an, schließlich sagte er:

„Vielleicht... Aber nicht mit irgendeiner. Das muss dann schon jemand Besonderes sein."

„Hast du an jemand Spezielles gedacht?"

„Hmm... Wie wärs mit *Wonder Woman?*"

Daraufhin nahm er sie in den Arm, küsste sie und fügte hinzu:

„Darunter mache ich es nicht!"

Epilog

Lina und Robin fuhren mit dem Megane Richtung Berlin Mitte. Drei Monate war es her, dass sie aus Vietnam zurückgekehrt waren.

„Bist du sicher, dass du das machen willst?", fragte Lina.

„Ja. Wir ziehen das jetzt durch!"

„Okay. Ich bin echt gespannt, wie es läuft."

Zwei Stunden später. Lina vergewisserte sich noch einmal, dass die Lautstärke ihrer Gitarre richtig eingestellt war, dann schaute sie zu Robin, und mit einem Nicken gaben sie sich zu verstehen, dass sie bereit waren. Sie begann, einige Arpeggio-Akkorde zu zupfen, und kurz darauf stimmte Robin mit seinem Cello ein. Sie spielten eine folkige Version vom Billie-Eilish-Song Ocean Eyes. Lina hatte ein bisschen Schwierigkeiten, das Notenblatt zu sehen, weil der Scheinwerfer sie blendete. Aber sie kannte das Stück inzwischen gut genug, um es notfalls frei zu spielen.

Es war einige Wochen nach ihrer Rückkehr aus Vietnam gewesen, als Lina auf einen Talentwettbewerb für Nachwuchsmusiker aufmerksam geworden war. Ein Veranstalter von Popkonzerten hatte junge Bands und Einzelmusiker zu einem Casting aufgerufen, und dem Gewinner winkte ein Preisgeld in Höhe von zweitausend Euro sowie eine Übertragung im Radio. Lina hatte Robin davon überzeugt, dass es ein Spaß sein könnte, einfach teilzunehmen, ohne große Erwartungen.

Auch wenn nicht wirklich etwas auf dem Spiel stand, war Lina ziemlich nervös. Sie waren die letzten in der Reihe der Teilnehmenden. Mehrere größere Bands waren vor ihnen aufgetreten, eine sogar mit Bläsersatz, die mit ihren Funkrhythmen den Saal zum Toben gebracht hatte. Mit ihrer Minimalbesetzung und einem eher gefühlvollen Stück hatten sie wohl kaum eine Chance.

Für das letzte Drittel des Songs hatte Robin ein sehr ausdrucksvolles Solo erarbeitet, das Lina unter die Haut ging und fast zu Tränen rührte. Schließlich näherte sich das Stück seinem Höhepunkt, und nachdem Lina mit der letzten Zeile geendet hatte, spielten sie eine kurze Pause, und Robin strich einen sanften Schlusston.

Danach blieb es still im Saal. Lina befürchtete schon, dass sie mit ihrer Schnulze das Publikum komplett verloren hatten. Doch mit einem Mal brandete ein stürmischer Applaus los. Die Leute klatschten und trampelten vor Begeisterung. Lina sah zu Robin hinüber, um sich zu vergewissern, dass es ihm gut ging. Er sah etwas nervös aus, aber als sich ihre Blicke trafen, zeichnete sich ein zaghaftes Lächeln in seinem Gesicht ab. Sie standen auf, nahmen sich bei den Händen und verbeugten sich.

Schließlich trat die Moderatorin auf die Bühne und musste eine ganze Weile lang warten, bis es im Saal ruhiger wurde. Endlich begann sie:

„Dann bitte ich jetzt alle Musiker auf die Bühne, und ihr, das Publikum, habt nun die Aufgabe, die Sieger des Wettbewerbs zu bestimmen – mit der Lautstärke eures Beifalls!“

Lina sah Robin an, der wieder nervöser aussah, und sie flüsterte ihm ins Ohr:

„Das tut mir leid. Ich wusste nicht, dass das so ablaufen würde.“

„Ich kriege das hin.“

Während die übrigen Musikerinnen und Musiker die Bühne betraten, hielt die Moderatorin das Publikum mit amüsanten Plaudereien bei Laune.

Dann bat sie eine Band nach der anderen nach vorne und forderte das Publikum auf zu applaudieren, und es kam, wie Lina befürchtet hatte: Es wurde ein wahrer Applaus-Marathon. Sie bereute, dass sie diese Idee mit dem Auftritt gehabt hatte. Fest hielt sie Robins Hand, und ein ums andere Mal schaute sie zu ihm, um zu sehen, wie es ihm ging. Zu ihrer Beruhigung wirkte Robin aufgeregt, aber nicht panisch.

„Gehts?“, fragte sie ihn nach einer Weile.

„Ja... ich glaube, der Bann ist gebrochen.“

Erleichtert gab sie ihm einen Kuss.

Wie zu erwarten konnte die Funk-Band den mit Abstand lautesten Beifall für sich verbuchen.

Schließlich rief die Moderatorin Lina und Robin nach vorne. Sie traten an den Bühnenrand, und darauf erschallte ein so donnernder und begeisterter Applaus, dass die zwei sich vollkommen verblüfft ansahen: Zwar würden sie wohl nicht den ersten Platz ergattern, aber sie waren definitiv unter den Top five! Sie standen am Bühnenrand, Hand in Hand, und der Applaus war geradezu ohrenbetäubend. Zuletzt gab es ein Stechen unter den besten fünf, und Robin und Lina landeten schließlich auf dem zweiten Platz.

„Ich glaubs ja nicht!“, lachte Robin.

„Vielleicht werden wir ja jetzt Superstars“, scherzte Lina.

Die Moderatorin übergab ihnen einen großen Blumenstrauß. Die beiden bedanken sich bei ihr, dann umarmten sie sich fest und verließen die Bühne.

Am Rand erwartete sie Jackie. Sie hatte Robin bereits vor einigen Wochen kennengelernt und sich ziemlich begeistert gezeigt.

„Wahnsinn! Ihr wart so toll!", rief sie ihnen zu, während sie sich ihr näherten. „Ich hatte richtig Pipi in den Augen!"

„Danke!", erwiderte Lina.

Als sie einige Zeit später durch Kreuzberg flanierten, sagte Jackie:

„Ich kann euch kaum sagen, wie sehr ich mich für euch freue – ich meine, dass ihr zusammen seid und dass es so gut läuft mit euch. Ganz ehrlich, am Anfang hätte ich das nie geglaubt!"

„Wem sagst du das?", erwiderte Lina, und Robin pflichtete ihr bei.

„Und das hat mich echt nachdenklich gemacht", fuhr Jackie fort. „Ich glaube, es ist Zeit, dass ich es auch mal versuche mit was Ernsthaftem."

„Ach nee!", gab Lina zurück. „Du machst Witze, oder?"

„Nein, gar nicht. Ich habe mir überlegt, dass ich jetzt auch eine Therapie anfangen will."

Lina blieb überrascht stehen und sagte:

„Wow! Ich finde, das ist echt eine gute Idee!"

„Finde ich auch", sagte Jackie.

„Und wenn du dann irgendwann auch eine feste Beziehung hast", fügte Lina augenzwinkernd hinzu,

„dann können wir schön zusammen Pärchen-Abende machen."

„Oh mein Gott", stöhnte Jackie theatralisch, „wir müssen es ja nicht gleich übertreiben!"

Nachwort

Hat dir das Buch gefallen? Ich würde mich sehr über eine Bewertung bei Amazon freuen! Oder noch besser: über eine Rezension.

Eine wahre Begebenheit

Dieser Roman ist inspiriert von einer wahren Begebenheit: Vor einiger Zeit sah ich eine TV-Dokumentation über den Tsunami von 2004. Unter den vielen schrecklichen Schicksalen, die dort geschildert wurden, gab es eines, das mich besonders tief verstört hat: Eine Mutter wurde von der Tsunami-Welle durch die Straßen getrieben - mit ihren beiden Kindern in den Armen. Ihr war schnell klar, dass sie nur eins ihrer Kinder retten konnte, und dass sie das andere opfern musste, um eine Chance zu haben, sich irgendwo festzuhalten. Sie musste die Wahl treffen, welches ihrer zwei Kinder sie opfern würde, und dieses dann den Fluten überlassen.

Kurz gesagt, so wenig man es sich auch vorstellen mag: Die Ereignisse, die im Roman geschildert sind, haben sich tatsächlich zugetragen. Was aus der realen Mutter und ihrem Kind wurde, ist nicht überliefert. Ich hoffe aber von Herzen, dass die beiden dieses Trauma verarbeitet und zu einem lebenswerten Leben gefunden haben, und schicke ihnen meine besten Wünsche.

Als ich vor einiger Zeit über das Thema Trauma recherchierte, kam mir diese Geschichte wieder in den Sinn, und so ist sie zum Ausgangspunkt meiner Romanidee geworden.

Es ist davon auszugehen, dass seit dem Tsunami viele Hunderttausende Menschen aus den betroffenen Regionen mit posttraumatischen Belastungsstörungen (PTBS) zu kämpfen hatten und zum Teil immer noch haben. Laut verschiedenen Studien waren 14 bis 56 Prozent der Überlebenden davon betroffen (Ärzteblatt Dezember 2008).

Die Katastrophe kostete laut offiziellen Erhebungen 230.000 Menschen in 14 Ländern am Indischen Ozean das Leben. Besonders massiv traf es die indonesische Provinz Aceh im Norden der Insel Sumatra. Dort starben über 160.000 Menschen – fast 5 Prozent der Bevölkerung. Da ganze Dörfer vernichtet wurden, verloren die meisten Überlebenden ihre Existenzgrundlage.

Doch die wahre Zahl der Opfer liegt noch weitaus höher: Ein Forschungsteam aus den USA und Indonesien fand inzwischen heraus, dass zahllose Menschen nach der eigentlichen Katastrophe an den psychischen Folgen der Katastrophe ums Leben kamen: durch psychosomatische Erkrankungen sowie durch Selbstmorde.

PTBS – eine Tortur für Betroffene

Eine posttraumatische Belastungsstörung kann sich auf verschiedene Weisen manifestieren und sowohl körperliche als auch psychologische Symptome verursachen.

Zu den häufigsten Symptomen gehören Flashbacks, Albträume, wiederkehrende belastende Erinnerungen, Reizbarkeit, übertriebene Wachsamkeit, Vermeidungsverhalten, Gedächtnis- und Konzentrationsprobleme, Schuldgefühle, Schamgefühle, Angstzustände, Depressionen, Schlafstörungen und physische Reaktionen auf Erinnerungen an das traumatische Ereignis. Menschen mit PTBS können auch an Suizidgedanken leiden und nehmen sich in vielen Fällen tatsächlich das Leben.

Posttraumatische Belastungsstörungen können durch eine Vielzahl von traumatischen Erlebnissen verursacht werden. Zu den häufigsten Ursachen gehören neben Naturkatastrophen: sexueller Missbrauch, körperliche Gewalt, Krieg und bewaffnete Konflikte, Verkehrsunfälle, schwere Verletzungen, traumatische medizinische Eingriffe und andere lebensbedrohliche Ereignisse. Auch lang andauernde Stresssituationen wie Mobbing am Arbeitsplatz können eine PTBS auslösen. Besonders belastend können Erlebnisse sein, bei denen das Opfer das Gefühl hatte, hilflos oder ausgeliefert zu sein. Eine PTBS kann jeden treffen, unabhängig von Alter, Geschlecht, sozialem Status oder Persönlichkeit, und Betroffene leiden darunter so massiv, dass ein normales Leben oft nicht mehr möglich ist.

Aktuell sind unzählige Soldaten, Opfer und Angehörige der Kriege in der Ukraine, in Syrien und einer Reihe weiterer Konflikte davon betroffen. Genaue Zahlen sind unbekannt, aber sie dürfte im sechsstelligen Bereich liegen.

Traumatherapie mit MDMA

Experten schätzen, dass jede zweite PTBS durch eine herkömmliche Therapie kuriert werden kann. Die andere Hälfte jedoch kann davon nicht profitieren, oft wohl deswegen, weil die Betroffenen gerade wegen des Traumas innere Widerstände haben, sich damit auseinanderzusetzen. In solchen Fällen kann eine psycholytische Therapie mit MDMA segensreich sein – zumindest legt das die aktuelle Studienlage nahe.

Ich möchte an dieser Stelle deutlich machen, dass ich kein vorbehaltloser, unkritischer Verfechter dieser Therapiemethode bin. Mir sind die Risiken durchaus bewusst. Allerdings finde ich es begrüßenswert, dass die staatlichen Stellen in Ländern wie der Schweiz oder der USA Sondergenehmigungen zu Forschungszwecken erteilt haben und dass Studien zu diesem Thema stattfinden.

Sollte sich dabei herausstellen, dass diese Therapiemethode so erfolgreich ist, wie es derzeit scheint, und dass sie ein vertretbares Risikoprofil vorweisen kann, dann glaube ich, es ist mehr als angebracht, sich für die allgemeine Zulassung dieser Methode einzusetzen.

In den USA gibt es derzeit Bestrebungen, die Erforschung erheblich zu intensivieren. Im Jahr 2021 hat die US-amerikanische Food and Drug Administration (FDA) MDMA als "Durchbruchstherapie" für die Behandlung von PTBS anerkannt, was bedeutet, dass die FDA die Entwicklung und Prüfung von MDMA als Therapieform für PTBS beschleunigen wird. Solche Studien sollen sogar vom US-Verteidigungsministerium finanziert werden, weil PTBS unter Kriegsveteranen ein massives Problem darstellt: Laut einer Langzeitstudie sind 17 Prozent der Kriegsrückkehrer traumatisiert. Etwa sieben Prozent leiden unter einer anhaltenden posttraumatischen Belastungsstörung. Jeden Tag nehmen sich 20 US-Kriegsveteranen deswegen das Leben. Für diese Menschen wäre die MDMA-Therapie möglicherweise die Rettung – und nicht nur für sie.

Wichtiger Hinweis

An dieser Stelle ist es mir ein dringendes Anliegen, noch ein paar Dinge zu betonen:

Experten raten dringend davon ab, im Selbstversuch und ohne therapeutische oder ärztliche Begleitung zu versuchen, eine Traumatherapie mit MDMA durchzuführen. Dies kann unabsehbare Folgen haben und ist mit Sicherheit keine Option. Auch sollte man grundsätzlich von Therapeut*innen und Therapiegruppen Abstand nehmen, die illegal psycholytische Therapien durchführen. Das gilt somit für alle solche Therapieangebote in Deutschland.

Was generell den privaten Konsum von bewusstseinsverändernden und psychoaktiven Substanzen betrifft, so bin ich sehr skeptisch. Ich verurteile niemanden, der das tut, aber ich persönlich würde aus einer Reihe von Gründen niemandem dazu raten. Dieser Roman soll daher nicht missverstanden werden als Anregung, mit psychoaktiven Substanzen und Drogen aller Art zu experimentieren.

Und noch ein paar Worte zur Therapie selbst: Die Therapie-Sitzungen, wie ich sie im Roman geschildert habe, sind natürlich nicht repräsentativ. Die Darstellung beruht auf umfangreichen Recherchen, bleibt aber reine Fiktion. Das Therapeutenpaar Brunner ist ebenfalls frei erfunden.

Wenn du dich für Traumatherapie mit MDMA interessierst, empfehle ich dir als erste Informationsquelle die Internetseite der *Schweizerischen Ärztegesellschaft für Psycholytische Therapie*: www.saept.ch. Hier findest du eine Menge hilfreiche Informationen und eine Übersicht über Therapeuten, die diese Therapie anbieten. Wie im Roman bereits dargestellt, ist es derzeit schwierig, freie Therapieplätze zu bekommen, da das Verfahren noch im Forschungsstadium ist und nicht für die breite Anwendung zugelassen. Trotzdem ist es sicherlich einen Versuch wert anzufragen, wenn dringender Bedarf vorhanden ist.

Solltest du dich allgemein für das Thema Traumatherapie interessieren (also für eine Therapie ohne psychoaktive Substanzen), findest du Informationen auf der Website der deutschen Traumastiftung:

www.deutsche-traumastiftung.de

Zum Abschluss

Zu guter Letzt danke ich dir für dein Interesse! Ich wünsche dir alles Gute und hoffe, dass das Buch trotz der schwierigen Thematik ein positives, zuversichtliches Gefühl bei dir hinterlassen hat!

Herzlichst, Philipp Sommer

Weitere Bücher des Autors:

Eine motivierende Erzählung über das, was im Leben wirklich wichtig ist

Inspiriert von einer realen Persönlichkeit

Ein inspirierender Feelgood-Roman über die Kunst der Lebensfreude in schwierigen Zeiten

„Ich habe in diesem Buch so viele Dinge gefunden die ich sofort angewendet habe und seitdem eine große Bereicherung für mein Leben sind!"
Amazon Kunde

Eine inspirierende Geschichte über Freundschaft, Glück und den wahren Sinn des Lebens

„Macht Lust aufs Leben!“
Talisa, Leserin

„Eine wahre Bereicherung für die Seele“
Mara

Eine märchenhafte Erzählung über Freundschaft, Glück und den Mut, frei zu sein.

Wer „Die Möwe Jonathan“ und „Der träumende Delfin“ mochte, wird dieses Buch lieben.

"Wunderschöne märchenhafte Erzählung, die der Seele gut tut"
Mona

Auf dem Laufenden bleiben

Möchtest du informiert werden, wenn neue Titel von mir erscheinen oder andere Neuigkeiten erfahren? Dann abonniere meinen Newsletter.

Besuche meine Website:
www.sommer-philipp.de

Hast du Fragen, Kommentare oder Anregungen? Oder sind dir Fehler aufgefallen? Auch damit bist du auf meiner Website richtig!

Zu guter Letzt wünsche ich dir alles Gute!

Herzlichst,
Philipp Sommer

Impressum

Philipp Sommer
c/o skriptspektor e. U.
Robert-Preußler-Straße 13 / TOP 1
5020 Salzburg
AT - Österreich

Kontakt

Nutze bitte statt der Postadresse meine E-Mail-Adresse:

philippsommer1@gmx.net

Printed in Poland
by Amazon Fulfillment
Poland Sp. z o.o., Wrocław

41268828R00145